Anonymous

Das Leben von Abraham Lincoln,

nebst einer kurzen Skizze des Lebens von Hannibal Hamlin.

Anonymous

Das Leben von Abraham Lincoln,
nebst einer kurzen Skizze des Lebens von Hannibal Hamlin.

ISBN/EAN: 9783743636668

Hergestellt in Europa, USA, Kanada, Australien, Japan

Cover: Foto ©Raphael Reischuk / pixelio.de

Weitere Bücher finden Sie auf **www.hansebooks.com**

Das Leben

von

Abraham Lincoln,

nebst einer kurzen Skizze des Lebens von

Hannibal Hamlin.

Republikanische Candidaten für Präsident und Vice-Präsident der Vereinigten Staaten.

Die Constitution der Ver. Staaten,

Unabhängigkeits-Erklärung,

und die

Platformen

der verschiedenen politischen Parteien 2c.

Chicago, Ill.

Druck von Höffgen und Schneider.

1860.

Einleitung.

Es ist öfter bemerkt, daß der wahre amerikanische Charakter, der aus den verschiedenen Nationalitäten sich entwickelt, die in den Vereinigten Staaten zusammengewürfelt sind, seinen eigentlichen Sitz und seine Zukunft im großen Westen haben wird, in jenen Staaten, die sich um das Becken des Mississippi lagern. Und diese Annahme wird von Jahr zu Jahr mehr durch Thatsachen gerechtfertigt. Im Westen braucht der eingeborne Amerikaner den Deutschen, den Norweger und Schweden, den Irländer; gegenseitiges Verständniß, gegenseitige Achtung ist die Folge. Die Cultur-Arbeit im Westen bildet die unterscheidende Auszeichnung des amerikanischen Genius. Kein früheres Volk hat eine ähnliche Aufgabe gelöst oder lösen können. Unter französischer und spanischer Herrschaft schliefen die Prärien und die fruchtbaren Niederungen des Mississippi unbeackert und der Indianer schweifte frei jagend auf den ungeheuren Weiten.

Der amerikanische Hinterwäldler verändert den Anblick der Dinge. Er drängt den Indianer zurück, er überspannt die Flüsse mit Brücken und Dampfschiffen, er verbindet das Land durch Eisenbahnen und macht dadurch die Ackerbauprodukte werthvoll, welche durch sinnreiche Maschinen in Masse zu erzielen trotz der geringen Bevölkerung möglich wurde. Der wirklich unabhängige, auf sich selbst stehende Mann ist der Mann des Westens. Er muß zuletzt die Politik des Landes ebenso reguliren wie den Verkehr mit dem Auslande.

Die Anerkennung dieser dominirenden Stellung ist dem Westen in diesem Jahre von zwei Seiten zu Theil geworden, von der republikanischen, wie von dem nördlichen Flügel der demokratischen Partei. Illinois, dieser Empire State des Nordwestens, hegt zwei Präsidentschafts-Candidaten in seinem Schooße, Abraham Lincoln und Stephen A. Douglas. Diese beiden Männer, in manchen äußeren Punkten ihrer Entwickelung sich ähnlich, aber im Grunde wesentlich verschieden, sind jetzt als Bewerber um die Präsidentschaft der Vereinigten Staaten einander gegenüber gestellt, nachdem sie bereits seit länger als zwanzig Jahren in einem beständigen Antagonismus sich befanden, der namentlich im Jahre 1858 seinen brillantesten äußeren Ausdruck erhielt.

Wir beabsichtigen, ehe wir diesen Gegensatz ins Licht stellen, zunächst die Lebensgeschichte des Einen zu geben, welchen die republikanische Partei dieser Nation als ihren Bannerträger aufgestellt hat, wir meinen Abraham Lincoln.

1*

Wir sind der Ansicht, daß die republikanische National-Convention in Chicago einen wunde... Griff that, als sie in
Lincoln den echtesten Repräsen... ihren amerikanischen
Wesens als ihren Candidaten aufstellte. Seine in Armuth be-
ginnende und nicht in Reichthum schließende Geschichte macht ihn
in ausgezeichnetem Sinne geeignet, der Vertreter jener großen
Classe der Nation zu sein, welche sich durch gesunden Menschenverstand und durch ein unverdorbenes Gewissen auszeichnet, wir
meinen die alle Wahlen der Vereinigten Staaten entscheidenden
Farmer und Mitglieder der arbeitenden Classe im Allgemeinen.

1. Kapitel.
Jugend-Geschichte Lincoln's.

Abraham Lincoln wurde am 12. Februar 1809 in Hardin (jetzt
Larue) County, Kentucky, geboren. Sein Vater Thomas, und
sein Großvater, Abraham, waren in Rockingham County, Virginien, geboren, wohin ihre Vorfahren aus Berks County, Pennsylvanien, gekommen waren. Es ist unmöglich mit Sicherheit den
Stammbaum Lincoln's weiter zurück zu verfolgen, obgleich es
wahrscheinlich ist, daß ursprünglich die Lincoln's aus Massachusetts kamen.

Abraham, der Großvater Abraham Lincoln's, kam nach Kentucky und wurde im Jahre 1784 von den Indianern getödtet. Er
hinterließ eine Wittwe, drei Söhne und zwei Töchter. Thomas,
der jüngste Sohn, und Vater des jetzigen Abraham Lincoln, befand sich in Folge des frühen Todes seines Vaters und der sehr
dürftigen Umstände seiner Mutter, von früher Kindheit an in der
Nothwendigkeit, durch Arbeit sein Brot zu verdienen und umher
zu wandern. Er wuchs vollständig ohne Erziehung auf. Er
brachte es nie weiter im Schreiben, als in unvollkommener Weise
seinen Namen zu unterzeichnen. Ehe er groß geworden, brachte
er ein Jahr bei seinem Onkel Isaak als Knecht zu, am Wataga,
einem Arme des Holston Flusses.

Nachdem er nach Kentucky zurückgekommen und sein achtund-
zwanzigstes Jahr erreicht, heirathete er im Jahre 1806 Nancy
Hanks, die Mutter des Gegenstandes dieser Schrift. Sie war
gleichfalls in Virginien geboren und Verwandte von ihr wohnen
jetzt noch in Coles, Macon und Adams County, Illinois, und auch
in Iowa.

Abraham Lincoln, der Sohn dieser beiden, hat jetzt weder Bruder noch Schwester. Eine Schwester, älter als er, die sich verhei-
rathete, ist bereits seit vielen Jahren todt, ein jüngerer Bruder
starb in seiner Kindheit.

Vor dem Abzug aus Kentucky wurden Abraham und seine

Schwester, für kurze Zeit jedesmal, in Elementars[
die erste von Zachariah Riney gehalten, die zweite
zel. Um diese Zeit zog die Familie nach Spence
biana, im Herbst 1816, Abraham war damals (
Der Umzug geschah theils weil die Lage der „arm
Sklavenstaaten stets eine drückende, theils aber un
weil in Kentucky eine große Verwirrung in Lant
Die Familie ließ sich mitten im Urwalde nieder un
für sein Alter groß war, erhielt das in den Hände
ners und Russen so vielseitige Instrument, die Ar
die er von da bis in sein dreiundzwanzigstes Jah
hanthirte.

Es wird erwähnt, daß er in seinem achten Jah
heit seines Vaters in eine Flucht wilder Turkeys (
tödtete, daß er aber seitdem nie eine Flinte auf gri
gedrückt. Im Herbst 1818 starb seine Mutter, un
rathete später eine Wittwe mit drei Kindern, Mrs
ston. Sie war dem Abraham eine gute Mutter u
Coles County, Illinois. Sein Vater wohnte an d
in Indiana, bis 1830. Abraham besuchte dort
schätzt aber selbst den Schulunterricht, den er gen
ein ganzes Jahr. Er war nie in einem College o
mie und sah niemals das Innere solcher Institut
er bereits vom Staate die Licenz erhalten, als Abr
ziren. Sein ganzes Wissen hat Lincoln für sich
Anleitung und Unterricht. Nachdem er dreiun
alt geworden, und sich von seinem Vater getrennt
die englische Grammatik, natürlich in unvollkomm
doch so, daß er jene Art zu schreiben und zu sprech
die ihn jetzt charakterisirt. Seitdem er im Congre
er die 6 Bücher des Euclid (Grundsätze der Mathe
klagt seine mangelhaften Erziehungsmittel und th
um die Mängel seiner Jugenderziehung zu ergänze

Im Alter von 19 Jahren, als er noch in Ji
machte er seine erste Reise auf einem Flatboot (Fl
Orleans. Er war als gemietheter Bursche mit b
Eigenthümers darauf und beide machten ohne we
Fahrt. Die Ladung war theilweise der Art, daß k
Louisiana an dem Ufer des Mississippi länger aufho
in einer Nacht wurde das Boot von sieben Negern
die Insassen desselben tödten und das Boot plü
Lincoln und sein Gefährte wurden im Handgem
wundet, es gelang ihnen jedoch, die Neger vom B
Sie lichteten dann die Anker und verließen die gefä

Am 1. März 1830, als der junge Lincoln eben se
zigstes Jahr vollendet, verließ er, sein Vater nebst
den Familien der beiden Töchter und Schwiegersöh
mutter, die alte Heimstätte in Indiana und kam

Die Reise wurde auf Wagen gemacht, die von Ochsen gezogen wurden. Sie ließen sich an der Nordseite des Sangamon-Flusses nieder, wo das Holz an die Prärien stößt, etwa 14 Meilen westlich von Decatur, auf neuem Lande. Sie bauten ein Blockhaus und machten genug Fenzriegel, um zehn Acker Land damit einzuzäunen, was sie thaten und in demselben Jahre eine Maisernte aus dem zum ersten Mal umgebrochenen Boden erzielten. Diese 3000 Fenzriegel in Macon County, von denen jetzt so viel die Rede ist, sind offenbar nicht die einzigen, die Lincoln gehauen. Im Herbst wurde die Familie stark vom kalten Fieber geplagt und sie wurde dadurch so entmuthigt, daß sie die Gegend zu verlassen beschloß. Sie blieben jedoch den folgenden Winter da, welcher als der Winter des „tiefen Schnees" in Illinois bekannt ist. Während des Winters verdingte sich der junge Lincoln, sowie der Sohn seiner Stiefmutter, John D. Johnston, und John Hanks, der noch in Macon County wohnt, an einen Denton Offult als Mannschaft eines Flatbootes, das von Beardstown nach New Orleans geführt werden sollte. Die Reise sollte beginnen, sobald der Schnee fort war. Es trat jedoch mit dem Thauen des Schnees am 1. März 1831 eine solche Ueberschwemmung des Landes ein, daß Lincoln und seine Gefährten ein großes Kanoe kaufen mußten, womit sie den Sangamon-Fluß nach Springfield hinunter kamen.

Sie fanden Offult dort vor, erfuhren aber von ihm, daß er kein Boot hatte bekommen können. Sie vermietheten sich an ihn für zwölf Dollar pr. Monat und bauten in Old Sangamon Town, am Sangamon-Fluß, aus Holz, das sie aus Bäumen zurechtgezimmert, ein Boot, mit dem sie nach New-Orleans unter dem alten Contracte für Offult herunterfuhren. Offult hatte mittlerweile für Lincoln Vorliebe gefaßt und engagirte ihn nach seiner Rückkehr von New-Orleans als Clerk ihm in einem Store und einer Mühle in New-Salem zu dienen, das damals in Sangamon, jetzt in Menard County lag. Abraham's Vater hatte in der bereits erwähnten Absicht Macon gegen Coles County vertauscht. Abraham lebte in New-Salem zum ersten Mal für sich allein. Dieß war im Juli 1831. Er gewann an dem Platze rasch Bekannte und Freunde. In weniger als einem Jahr nahm Offult's Geschäft ab, und er fallirte beinahe. Als der Krieg gegen die Indianer begann, welche den Ansiedlern in Illinois sehr lästig fielen, der sogenannte Black-Hawk Krieg im Jahre 1832, schloß sich der junge Lincoln einer Compagnie Freiwilliger an und wurde zu seinem eigenen Erstaunen zum Capitain derselben gewählt. Er erklärt selbst, daß ihm kein Erfolg im Leben eine solche Genugthuung gewesen, wie seine Wahl zum Führer einer Freiwilligen-Compagnie. Er machte den Feldzug mit; diente nahe an drei Monate, ertrug die gewöhnlichen Beschwerden eines solchen Zuges, kam jedoch nicht ins Feuer. Er besitzt jetzt in Jowa das Land, das er mit den Landwarrants sich ausgesucht, welche der Congreß Allen bewilligte, die an dem Kriege activen Antheil genommen. Nach der Rück-

kehrt aus dem Feldzuge und ermuthigt durch seine große Beliebtheit unter seinen Nachbarn, trat er in demselben Jahre als Candidat für die Legislatur auf und wurde geschlagen.

Sein eigener Wahlpräcinct jedoch gab ihm 277 Stimmen und nur
7 gegen ihn, was um so mehr für seine persönliche Beliebtheit spricht,
als er ein erklärter Anhänger Henry Clay's war und derselbe
Präcinct im Herbst darauf dem General Jackson 115 Stimmen
mehr gab als Mr. Clay. Dieß war das erste und einzige Mal,
daß Lincoln direkt vor dem Volke in einer Wahl geschlagen wurde. Er stand jetzt mittellos und beschäftigungslos da und
wollte doch seine Freunde nicht gerne verlassen, die ihm so viel Ge-
nerosität gezeigt hatten. Er wußte eine Zeit lang nicht, was für
einen Beruf er ergreifen solle. Er würde den Advokatenstand damals schon gewählt haben, wenn nicht seine beschränkte Erziehung
ihm im Wege gestanden. Sonderbarer Weise jedoch traf es sich,
daß ein Mann einen Vorrath alter Waaren auszuverkaufen
wünschte und an Lincoln und einen andern Mann, der so arm wie
dieser, auf Credit ausverkaufte. Die beiden jungen Anfänger eröffneten daher einen Store. Natürlich gerietßen sie dabei nur immer tiefer in Schulden. Lincoln wurde zum Postmeister in New-
Salem ernannt, eine so unbedeutende Stelle, daß seine politische
Färbung die Anstellung nicht hinderte. Der Store jedoch hörte auf.

Unerschüttert durch seine schlechte Erfolge warf sich Lincoln
jetzt auf das Studium des Rechts. Er ließ sich von einem Nach-
bar einige Bücher, die er Abends holte und Morgens zurückbrachte.
In solcher Weise erlernte er die Elemente des Berufs, in welchem
er seitdem ein so ausgezeichnetes Mitglied geworden ist.

Folgende Anekdote, welche das Evansville (Indiana) Journal
mittheilt, zeigt sowohl den Durst nach Kenntnissen, wie die strenge
Rechtlichkeit des jetzigen Lincoln. Als er noch in Spencer County,
Indiana, mit seiner Familie wohnte, lieh er sich unter Anderem
von einem Mann, Namens Crawford, Weems „Leben Washington's", das einzige Exemplar, was von diesem interessanten Werke
in der Gegend zu haben war. Der junge Lincoln hatte kein Geld,
sich ein Exemplar zu kaufen und war deßhalb froh es geliehen zu
bekommen. Er ließ es eines Tages zufällig in einem Fenster liegen und ein starker Regen kam und ruinirte das Buch. Der junge
Lincoln war traurig darüber, aber mit der ihm eigenen Ehrlichkeit ging er mit dem verdorbenen Buche zu Crawford, gestand, daß
er bereit sei, den Werth des Buches zu erstatten. Geld habe er
zwar nicht, aber er wolle den Betrag abarbeiten. Der Eigenthümer des Buches sagte zu ihm: „Nun, Abe, weil Du es bist, will
ich es so genau mit Dir nicht nehmen. Wenn Du hierherkommen
und zwei Tage lang Futter holen willst, so will ich Dich loslassen."

Abe kam demgemäß und arbeitete bei dem Heuhaufen und so
groß und gewandt war er damals schon, daß Crawford ihn das
Heu und Futter von den höchsten Stellen herunter holen hieß, während er selbst die kleinsten Haufen wählte.

Wie Lincoln's Wissensdurst sich in so früher Zeit bereits zeigte, so begleitete er ihn durch sein späteres Leben. Er bietet uns eins jener seltenen Beispiele der Selbsterziehung dar, wie Elihu Burritt, der gelehrte Grobschmied, in welchem Arbeit bei Tage am Ambos, mit Studium der Sprachen und Wissenschaften bei Nacht so merkwürdig gepaart war. So benutzte auch Lincoln die Nächte zu seinem Studium, nachdem er des Tages über auf seiner Farm gearbeitet und oft konnte man ihn beim Scheine des nächtlichen Feuers in seinem Hause auf der weiten Prärie in die Geheimnisse des Rechts und der Staatswissenschaft, die er zu bewältigen suchte, vertieft sehen. Das thätige, arbeitsvolle Leben bildete Lincoln's Körper in einer Weise aus, daß er als der beste Läufer und Springer und Ringer unter seinen Kameraden in seiner Jugend bekannt war, und die außerordentliche Mäßigkeit, ja vollständige Enthaltsamkeit von geistigen Getränken gab seinem Körper eine Zähigkeit und Ausdauer, die ihm in den angreifenden Stumpreisen späterer Jahre vortrefflich zu Statten kam, während dadurch zugleich die ursprüngliche Schärfe und Elasticität seines Geistes wesentlich verstärkt wurde. Er zeichnete sich schon früh als Debattirtalent aus, und seiner Triumphe in den Debattir-Clubs auf dem Lande gedenkt der alte Settler noch jetzt. Seine unwiderstehliche Logik, sein Talent, in scheinbar unzusammenhängenden Thatsachen das verbindende Band zu entdecken und dadurch ihre Absicht und eigentliche Bedeutung zu enthüllen, trat in jenen kleinen Vorkämpfen schon glänzend hervor, und die gigantische Leistung während der Debatten mit Douglas im Jahre 1858 nahm Diejenigen nicht Wunder, welche die Kraft seiner unerbittlichen Logik schon früher selbst beobachtet oder an sich erfahren hatten.

Nicht weniger als sein Verstand zeigte sich die vortreffliche Anlage seines Charakters, der unter den härtesten Proben sich eben so schön und harmonisch entwickelte.

Lincoln erreichte sein Mannesalter und erkämpfte nächstdem seine Unabhängigkeit in einer Zeit, die für Illinois eine der härtesten war, deren „der älteste Einwohner" sich nur erinnern konnte.

Der tiefe Schnee des Winters 1830—31 war eine der Hauptleiden der frühen Besiedler des mittleren und südlichen Illinois und es dauerte Jahre lang, ehe sie die Folgen desselben verwinden konnten. Niemand war für die plötzliche Aenderung des Wetters vorbereitet, die um Weihnachten eintrat und in zwei Tagen beständigen Schneesturms waren ganze Sektionen des Landes mit Brusthohem Schnee bedeckt. „Drei Monate lang", sagen die alten Settler, „wärmte kein Sonnenstrahl die Schneedecke," diese wurde so hart, daß in einigen Fällen Wagen darüber wegfahren konnten. Rindvieh und Pferde starben, der Winterweizen wurde getödtet, die Lebensmittelvorräthe gingen aus, die reichsten Farmer kamen dem Verhungern nahe und ärmere verhungerten wirklich.

Solche Zeiten prüften das Metall des künftigen Präsidenten der

Vereinigten Staaten. Da der Verkehr zwischen den Farmhäusern
für Wagen unmöglich war, hatten die jungen und starken Leute
alle Touren zu Fuß zu machen und dem einen Nachbarn das zu
bringen, was ein anderer von seinen Vorräthen entbehren konnte
und dafür Anderes einzutauschen. Der junge Lincoln war stets
bereit, diese Thätigkeit der Humanität zu leisten und der Erste in
dem Rathe der Settler, wenn ihre Verlegenheiten den höchsten Gi-
pfel erreicht zu haben schienen.

Der Surveyor von Sangamon County erbot sich, Lincoln den
Theil seiner Vermessungsarbeit zu übertragen, der in seiner
Gegend vorzunehmen. Lincoln nahm das Anerbieten an, ver-
schaffte sich Compaß und Kette, studirte Flint und Gibson ein wenig und ging rüstig an's Werk. Wir zweifeln nicht, daß er mit
dem Feldmessen eben so gut fertig wurde, wie mit dem Fenzriegel-
spalten, oder dem Aufbrechen der Prärie mit einem Paar Ochsen,
oder dem Studium des Rechts beim Scheine des einsamen Feuers
auf der Prärie.

War doch selbst sein Gegner Douglas in der Debatte zu Ottawa
am 21. August 1858 offen genug um Lincoln das Zeugniß auszu-
stellen, „daß er einer von den eigenthümlichen Leuten sei, die mit
bewundernswerther Geschicklichkeit Alles durchführen, was sie anfangen."

Das Feldmessen gab Lincoln Brod und hielt Leib und Seel' zusammen, während es zugleich jene Vielseitigkeit und Menschenkennt-
niß neu bereicherte, die Lincoln's Carriere auszeichnet.

1834 wurde Lincoln in die Legislatur gewählt, mit einer größe-
ren Majorität von Stimmen, als je zuvor ein Candidat erhalten
hätte. Major John F. Stuart, damals bereits ein bekannter Advokat, wurde mit ihm erwählt. Während der Gesetzgebung wurden die Rechtsbücher bei Seite gelegt, um nach dem Schluß der
Sitzung sofort wieder vorgenommen zu werden. Lincoln wurde
1836, 1838, und 1840 immer wieder in die Gesetzgebung geschickt.
Im Herbst 1836 erhielt er die Advokaten-Licenz, und am 15. April
1837 siedelte er nach Springfield über, wo ihn sein alter Freund
Stuart in seine Advokaten-Office als Partner aufnahm. Als
Advokat erlangte er bald bedeutende Praxis und Auszeichnung.
Man ist sehr im Irrthum, wenn man ihn als einen Advokaten
zweiten oder dritten Ranges, als einen Land-Advokaten hinzustel-
len versucht hat. Lincoln war und ist einer der ersten Advokaten
des Staats, der bei vielen der großen Processe arbeitete, die von
Zeit zu Zeit eine über die Grenzen des Staats hinausgehende Auf-
merksamkeit in Anspruch nahmen. So erinnern wir uns noch mit
Vergnügen seiner scharfsinnigen Plaidoyers in der Ver. Staaten
Distrikt Court in Chicago, als die Frage über die Rock Island
Eisenbahnbrücke zur Entscheidung gebracht wurde, welche das Interesse von St. Louis und das Dampfboot-Interesse des Missisippi
als nuisance für die Schifffahrt beseitigt sehen wollte.

Sein Talent, die verwickeltsten Dinge für den gewöhnlichsten

Menschenverstand klar und deutlich zu machen, das er in den Debatten mit Douglas so glänzend und wirksam bewährte, kam ihm
in den Processen zu Gute und nicht weniger sein gerader, zarter
Sinn, sein Mitgefühl mit allem Menschlichen, das seinen Anstrengungen namentlich in Criminalfällen den Stempel von Meister-
stücken aufdrückte.

Aber er führte nie die Vertheidigung einer Sache, von deren mo-
ralischer Schlechtigkeit und Unrecht er überzeugt war. Wie seine
Feinde sagten: „Nur auf der Seite des Rechts ist Lincoln unwiderstehlich." Wir können nicht umhin, hier ein Beispiel der mäch-
tigen Wirksamkeit seines juristischen Scharfsinns und seiner er-
schütternden Beredsamkeit einzuschalten, um so mehr, als es Zeugniß gibt für das unter aller äußern Rauhheit des Lebens fein und
zart gebliebene Gemüth des Mannes und seine Dankbarkeit für
früher ihm erwiesene Wohlthaten in glänzendes Licht stellt.

Lincoln fand, während er als junger Mann Grammatik und
Rechtsbücher studirte, eine Heimat unter dem gastfreien Dache eines
Farmers, Namens Armstrong, der in einem Blockhause, etwa acht
Meilen von dem Dorfe Petersburg, Menard County, Illinois,
wohnte. Hier pflegte der junge Lincoln, in einem Anzuge, der zu
Hause gesponnen und gewebt, mit offenen Ellenbogen und geflick-
ten Knieen beim Schein des Caminfeuers seine Lektionen einzustu-
diren, die er dann in dem Dorf in der Schule recitirte. Armstrong
war selbst ein armer Mann, aber er erkannte das Talent, das sich
in dem jungen Mann herauszuarbeiten suchte und machte ihn zum
Theilnehmer seiner einfachen Mahlzeiten. Jahre vergingen, Lincoln stieg von einer Stufe zur andern, von der Legislatur in den
Congreß, und sein Ruf als Advokat war ein großer. Da trug
es sich zu, daß der Sohn seines alten Freundes Armstrong, die
Hauptstütze der jetzt verwittweten Mutter, unter der Anklage des
Mordes verhaftet wurde. Ein Mann war während einer Camp-
meeting in einem Handgemenge tödtlich verwundet und einer seiner Kameraden hatte ausgesagt, daß der junge Armstrong den
tödtlichen Streich geführt. Das Zeugniß war so bestimmt, daß
Armstrong's Aussichten äußerst schlimm standen, zumal da die
öffentliche Meinung sehr aufgeregt und gegen ihn eingenommen
war. Alle Vorfälle aus dem Leben des Gefangenen wurden mit
Begierde aufgesucht, wovon auf brutalen Charakter geschlossen
werden konnte und nur die Riegel des Gefängnisses retteten den
Angeklagten vor der Wuth des Volkes. Die Zeitungen traten gegen ihn auf und freuten sich im Voraus über die zu erwartende
gerechte Bestrafung des Schuldigen. Der Gefangene versank unter diesen ungünstigen Eindrücken in eine Stimmung, die an Verzweiflung grenzte, und seine arme Mutter sah durch ihre Thränen
keinen Ausweg auf Rettung. In dieser Lage erhielt sie einen
Brief von Mr. Lincoln, der seine Dienste zur Vertheidigung des
Sohnes anbot. Mit Freuden wurde seine Güte angenommen,
obgleich selbst sein Scharfsinn in einem so verzweifelten Falle nicht

helfen zu können schien. Aber der eifrige Anwalt verzagte nicht, sein Herz war bei der Arbeit und sein Wille kannte kein Mißlingen. Zunächst bewirkte er die Verlegung des Processes nach einem andern County, das weniger eingenommen gegen den Angeklagten war. Er unterwarf alsdann den Fall einer genauen Prüfung und überzeugte sich, daß sein Client das Opfer der Bosheit und die Aussagen des Anklägers ein Gewebe von Falschheiten waren.

Der Proceß begann. Der Gefangene, blaß und abgemagert, Hoffnungslosigkeit auf jedem Züge seines Gesichtes, wurde hereingeführt, begleitet von seiner Mutter, die zwischen Hoffnung und Verzweiflung getheilt war. Lincoln saß ruhig da während der Verlesung der Anklage und auf ihn blickte die Menge, staunend erwartend, was er in einem solchen Falle für seinen Clienten zu sagen haben könne. Der öffentliche Ankläger führte seine Zeugen vor und baute aus ihren Aussagen ein Gebäude überführender Punkte auf, das nichts erschüttern zu können schien. Lincoln stellte nur wenige Fragen seinerseits an die Zeugen, um möglichst bestimmte Angaben über Zeit und Ort des Mordes herauszubekommen.

Er führte schließlich einige Zeugen vor, um die irrthümlichen Eindrücke zu entfernen, als sei der junge Armstrong schon früher ein sehr lasterhafter Bursche gewesen, um ferner zu zeigen, daß eine größere Abneigung zwischen dem Hauptzeugen der Anklage und dem Angeklagten bestand, als zwischen dem Angeklagten und dem Ermordeten.

Der Staatsanwalt, der die Schuld des Angeklagten als am Tage liegend betrachtete, sprach nur kurz zu den Geschwornen. Jetzt nahm Lincoln das Wort unter dem gespannten Schweigen der Menge. Er resumirte den Fall und wies auf die bis dahin unbemerkten Widersprüche in den Aussagen des Hauptzeugen hin. Was einfach und annehmbar geschienen, wies er als verworren und unwahrscheinlich nach. Der Zeuge hatte erklärt, daß der Streit zu einer gewissen Stunde des Abends stattgefunden, und daß der hellscheinende Mond es ihm möglich gemacht habe, den Angeklagten zu sehen, als er den tödtlichen Streich führte. Lincoln warf die Aussage über den Haufen, indem er nachwies, daß zu der bezeichneten Stunde der Mond noch nicht am Horizont stehen konnte. Eine augenblickliche Umstimmung ging in der Versammlung vor und das „Nichtschuldig" schwebte auf jeder Zunge. Aber der Vertheidiger war mit diesem Triumphe seines Scharfsinns nicht zufrieden. Sein volles Herz drängte ihn und mit glänzender Beredsamkeit drang er in die Herzen der Geschwornen ein. Er entwarf das Bild des Meineidigen mit solcher Kraft, daß der Zeuge, blaß und schwankend das Courthaus verlassen mußte, dessen Luft ihm unerträglich geworden. Lincoln sprach von der Dankbarkeit, die er dem Vater des Angeklagten schulde und die Augen vieler füllten sich mit Thränen, die sie lange nicht gesehen. Es senkte sich bereits der Tag, als der Vertheidiger mit den Worten schloß, daß, wenn Gerechtigkeit herrsche, noch ehe die Sonne untergegangen, sie auf seinen Clienten als freien Mann scheinen würde. Die Geschwornen zogen sich zurück, das Gericht vertagte sich für den Tag.

Keine halbe Stunde war verflossen, als die Beamten des Gerichtes und der Vertheidiger, welche im Hotel zu Tisch saßen, durch einen Boten unterbrochen wurden, welcher meldete, daß die Jury sich geeinigt. Während der Gefangene aus dem Gefängniß geführt wurde, füllte sich das Gerichtszimmer mit den Bewohnern der Town. Als der Gefangene und seine Mutter eintraten, herrschte ein so vollständiges Stillschweigen, als wäre das Haus leer. Der Vormann antwortete auf die an ihn gerichtete Frage des Richters mit „Nicht schuldig!" Die Mutter sank in die Arme des Sohnes, der sie aufhob und auf ihn blicken ließ als frei und unschuldig wie früher. Dann mit den Worten „Wo ist Mr. Lincoln?" stürzte er durch die Menge und ergriff seines Vertheidigers Hand, während die Sprache dem vollen Herzen versagte. Lincoln wandte sein Auge nach dem Westen, wo die Sonne noch zögerte, und kann sich zum Jüngling wendend, sagte er: „Die Sonne ist noch nicht herunter und Ihr seid frei." „Ich gestehe," bemerkte der Augenzeuge der Scene, „daß meine Wangen von Thränen feucht waren, und ich wandte mich von dem ergreifenden Anblicke ab. Als ich mich umsah, bemerkte ich Lincoln dem göttlichen Gebote gehorsam die Wittwe und Waise tröstend und aufmunternd."

Sein Erfolg als Advokat zog jedoch seine Aufmerksamkeit nicht von der Politik ab. Er war viele Jahre lang der Führer der Whigpartei in Illinois und würde zu verschiedenen Malen auf das Elektoraltickt seiner Partei bei Präsidentschaftswahlen gesetzt. Selbst Douglas erkannte 1856 und 1858 diese bedeutende Stellung Lincoln's an, indem er freilich lächerlich genug behauptete, daß die Umwandlung von Illinois in einen republikanischen Staat im Jahre 1855 dadurch zu Stande gekommen sei, daß Trumbull seine demokratischen Anhänger und Lincoln seine Whig-Anhänger „abolitionisirt" habe. Es wurde bekanntlich damals zuerst in der Geschichte von Illinois ein republikanischer Ver. Staaten Senator (Trumbull) durch Vereinigung der Anhänger von Trumbull und Lincoln in der Legislatur erwählt.

Lincoln durchreiste zu solchen Zeiten den ganzen Staat und bildete dadurch sein Talent als schlagender Volksredner in solchem Grade aus, daß er in den Reihen der Redner des Westens in diesem Augenblicke ohne Zweifel einen der ersten Plätze einnimmt.

Nicht weniger glänzte er schon damals in der öffentlichen Debatte politischer Gegenstände. 1844 arbeitete er für seinen Liebling, Henry Clay, mit der größten Anstrengung. Er stand an der Spitze des Whig-Elektoren-Tickets, John Calhoun, der später in Kansas so berüchtigt gewordene politische Spekulant, an der Spitze des demokratischen Tickets. Beide durchzogen zusammen den

Staat und hielten große Versammlungen oft sechs Stunden lang gefesselt. In der Debatte, die sich damals in Illinois hauptsächlich um den Zolltarif drehte, entwickelte Lincoln eine vollkommene Herrschaft über die Grundsätze der National-Oekonomie, welche der Zollfrage zum Grunde liegen und erklärte sich mit Energie für den Schutz der einheimischen Industrie, dessen Befürwortung die Whigpartei stets charakterisirt hat.

---

2. Kapitel.

Lincoln im Congreß.

Im Jahre 1846 wurde Lincoln vom Distrikt des mittleren Theils von Illinois in den Congreß geschickt. Er war der einzige Whig unter den sieben Repräsentanten, zu denen Illinois damals berechtigt, und seine Majorität (1511) war die höchste, die jemals einem antidemokratischen Candidaten in dem Distrikte gegeben war, sie war doppelt so groß, als die, welche Henry Clay erhalten. Man kann daraus auf die Größe seiner persönlichen Beliebtheit unter dem Volke schließen, mit dem er am meisten in Berührung kam. Wie Carl Schurz in seiner Milwaukee Rede sagt: „Ich fand, daß die, welche ihn am besten kannten, ihn am meisten achteten."

Das Haus der Repräsentanten zählte damals 117 Whigs, 110 Demokraten und einen „Amerikaner." Bedeutende Männer waren damals Mitglieder des Hauses, wie des Senats und bedeutende Fragen lagen vor.

Der mexikanische Krieg war durch den demokratischen Präsidenten Polk glücklich herbeigeführt und die Frage, was soll aus dem Gebiet werden, das durch den Krieg an die Ver. Staaten fällt, soll die Sklaverei darin für ewige Zeiten verboten sein oder nicht, gab Anlaß zu den aufregendsten Debatten. Lincoln stand hier wie immer auf Seite des Wilmot Proviso (das unbedingte Verbot der Sklaverei in den Ver. Staaten-Gebieten.) Bezüglich der Veranlassung des Krieges mit Mexico brachte Lincoln am 22. December 1847 eine Reihe Beschlüsse ein, die klares Zeugniß davon gaben, daß er den Schwindel wohl durchschaute, den die Sklavenmacht vermittelst des demokratischen Präsidenten dem Volke der Ver. Staaten gespielt hatte, das sich plötzlich in einen Krieg mit Mexico verwickelt sah, ohne zu wissen wie und warum.

Da die spätere Entwickelung Lincoln's Ansichten und den Widerstand der Whigpartei gegen den Krieg wie früher gegen die Annexation von Texas vollständig gerechtfertigt hat, wollen wir auf die Angriffe demokratischer Zeitungen nicht weiter eingehen, welche Lincoln als Verräther zu brandmarken versuchten, weil er vom Präsidenten durch seinen oben erwähnten Antrag klaren Aufschluß über den Ursprung des Krieges verlangte.

2

Lincoln stimmte jedoch wie die große Mehrzahl der Whig-Repräsentanten am 17. Februar 1848 für eine Anleihebill von eilf Millionen Dollar, um die Regierung in den Stand zu setzen, ihre Schulden, namentlich die in Mexico contrahirten, zu decken. Die Bill ging in einem Whig-Repräsentantenhause mit 192 gegen 14 Stimmen durch und Lincoln stimmte für die Bill.

Am 28. Februar 1848 kam der Antrag auf ein Verbot der Sklaverei in den Gebieten im Hause der Repräsentanten vor in folgender Form:

„Da bei der Beilegung der zwischen diesem Lande und Mexico schwebenden Verwicklungen Gebiet erworben werden könnte, in welchem keine Sklaverei existirt, und da der Congreß bei der Organisation neuer Territorial-Regierungen, in einer frühern Periode unserer politischen Geschichte, ein Princip festgestellt, das der Nachahmung in allen zukünftigen Zeiten werth, welches die Existenz der Sklaverei in freiem Gebiet verbietet: deßhalb beschlossen, daß in dem Gebiet, welches von Mexico erworben werden mag, und in welchem Territorial-Regierungen eingerichtet werden mögen, die Sklaverei oder unfreiwillige Dienstbarkeit, außer als Strafe für Verbrechen, deren der Betreffende den Gesetzen gemäß überführt ist, für immer verboten sein soll; und daß in jedem Akt oder Beschluß, der solche Regierungen einrichtet, eine Grundbestimmung zu dem Ende eingefügt werden soll." Der Antrag wurde mit 105 gegen 92 auf den Tisch gelegt. Lincoln stimmte natürlich mit den nördlichen Whigs gegen diese Beseitigung des Antrags.

Dieselbe große Frage kam am 28. Juli 1848 vor bei der berühmten Bill, welche Territorial-Regierungen für Oregon, Californien und New-Mexico feststellte. Diese Bill, der Webster im Senat opponirt hatte, verbot der Territorial-Legislatur von Californien und New-Mexico, Gesetze für oder gegen Sklaverei zu erlassen, enthielt jedoch kein Verbot der Sklaverei in den Gebieten. Sie wurde mit 114 gegen 96 Stimmen auf den Tisch gelegt. Lincoln stimmte ebenso gegen diese Bill. Ebenso als am 2. August die Bill für Organisation von Oregon vorkam und der Antrag gestellt wurde, den Theil der Bill zu streichen, welcher die Ordinanz von 1787 über das Oregon-Gebiet erstreckte (Verbot der Sklaverei), stimmte Lincoln mit 113 Andern für Beibehaltung des Verbots der Sklaverei in dem Gebiet. Seine übrige Thätigkeit während seiner zwei Jahre im Congreß übergehen wir, um darauf zurück zu kommen, wenn wir seine durch Anträge und Abstimmungen zu belegenden Ansichten über die wichtigsten Tagesfragen zusammenstellen.

Von 1849 bis 1854 beschäftigte sich Lincoln eifrigst und ausschließlich mit seiner Rechtspraxis, bis ihn die verwegene That, von Stephen A. Douglas gegen das Missouri Compromiß im Mai des Jahres vollführt, mit allen denkenden Männern im Norden wieder auf den großen Kampfplatz führte, auf dem er bald bestimmt war, eine Rolle von nationaler Bedeutung zu spielen.

Er warf sich mit der ganzen Energie eines Mannes in den Kampf, der die Größe dessen begriff, was auf dem Spiele stand, und der schon damals die folgenden Uebergriffe der Sklavenmacht vorher sah, die durch Douglas' ruchlose Aufhebung des Missouri Compromisses geradezu zum offenen Auftreten herausgefordert wurde.

Lincoln's unermüdlicher Thätigkeit im Staat war es vor Allem zu danken, daß im Januar 1855 zum ersten Mal in der Geschichte das Staates Illinois, eine Majorität in der Legislatur war, welche gegen die demokratische Partei sich stellte und einen nicht-demokratischen Ver. Staaten-Senator in Trumbull an die Stelle des Gen. Shields nach Washington schickte, der sich durch Douglas hatte verleiten lassen, für die Nebraska-Kansas-Bill zu stimmen, und sich dadurch für immer politisch zu ruiniren.

Bei dieser Gelegenheit zeigte Lincoln, wie stets in seiner politischen Carriere, daß es ihm nicht um Befriedigung seines persönlichen Ehrgeizes, sondern um die gute Sache allein zu thun sei. Es stellte sich nämlich heraus, daß fast die gesammten anti-demokratischen Mitglieder der Legislatur für Lincoln stimmten, aber die Anti-Nebraska-Demokraten für Trumbull. Lincoln sah die Gefahr, daß diese Letzteren, obgleich Douglas feindlich, sich für einen dritten Candidaten erklären würden, der weniger entschiedene Ansichten als Trumbull hatte, und einen solchen möglicher Weise als Ver. Staaten-Senator durchsetzen und dadurch der damals in der Bildung begriffenen republikanischen Partei einen unberechenbaren Schaden zufügen könnten. Um das zu verhüten, ging er persönlich zu seinen Freunden und bestimmte sie, für Trumbull zu stimmen. Einige seiner Freunde weinten wie Kinder, als sie von Lincoln selbst dazu aufgefordert, in der Halle der Gesetzgebung ihren Liebling aufgeben und Trumbull ihre Stimme geben mußten.

·Es braucht kaum bemerkt zu werden, daß die Geschichte, welche Douglas 1858 so emsig von dem Betrug erzählte, den Trumbull Lincoln damals gespielt habe 2c., falsch ist, und daß diese beiden Spitzen der republikanischen Partei von Illinois stets die besten Freunde waren und noch sind.

Damals schon erschien Lincoln dem Senator Douglas als der gefährlichste Mann in offener Debatte vor dem Volk. Die Debatte vom 4. Oktober 1854 während der Staatsfair in Springfield war in der That das Ereigniß der Saison.

Mr. Lincoln begann Nachmittags 2 Uhr. Folgende Unterhaltung über die Missouri-Compromißlinie entspann sich bei der Gelegenheit zwischen Lincoln und Douglas:

„Ja," sagte Lincoln, „so zärtlich liebte mein Freund (Douglas) diese Compromißlinie, daß, als Texas in die Union zugelassen wurde, und man fand, daß ein Streifen sich nördlich vom 36° 30' erstreckte, er wirklich eine Bill einführte, welche die Linie ausdehnte

2*

und die Sklaverei in dem nördlichem Rande des neuen Staates verbot."

„Und Sie stimmten gegen die Bill", sagte Douglas.

„Ganz richtig" erwiderte Lincoln; „ich war dafür, die Linie noch v i e l w e i t e r s ü d l i c h laufen zu lassen.

„Zu der Zeit," fuhr der Sprecher fort, „führte mich mein berühmter Freund bei einem seiner besondern Freunde ein, einem David Wilmot von Pennsylvanien" (Gelächter).

„Ich dachte" sagte Douglas, „Sie würden an ihm angenehme Gesellschaft finden."

„Das war der Fall," erwiderte Lincoln. „Ich hatte das Vergnügen, für sein Proviso in einer oder der andern Weise etwa vierzig Mal zu stimmen. Es war damals, glaube ich, eine demokratische Maßregel. Jedenfalls schalt Gen. Caß den ehrlichen John Davis, von Massachusetts, gehörig, daß er die letzten Stunden der Session fortgenommen, so daß er (Caß) das Proviso nicht durchbrängen konnte. Beiläufig bei General Caß fällt mir ein, daß er einen älteren Anspruch auf die Urheberschaft der „Volkssouveränität" hat. Der alte General litt an der Schwäche, gerne Briefe zu schreiben. Kurz nach dem Ausschelten von John Davis schrieb er den Nicholson-Brief — Douglas (feierlich) „Gott der Allmächtige setzte den Menschen auf die Erde und hieß ihn wählen zwischen Gut und Böse. Das war der Ursprung der Nebraska-Bill."

Lincoln. „Gut, da die Priorität (das Alter) der Erfindung in Ordnung gebracht ist, lassen Sie uns alles Lob dem Judge Douglas dafür zuerkennen, daß er der Erste gewesen, sie zu entdecken."

Der bekannten Behauptung von Douglas, daß Emigranten in Kansas eben so fähig seien, sich zu regieren, als sie es waren, als sie Einwohner von Illinois, begegnete Lincoln in treffender Weise.

Wir können das unwiderstehliche Argument Lincoln's gegen den Douglas'schen Irrwisch der „Volkssouveränität" nicht ausführlich geben, führen jedoch als Beispiel eine Stelle daraus an: „Mein berühmter Freund sagt, es sei eine Beleidigung gegen die Emigranten in Kansas und Nebraska, wenn man annehme, daß sie nicht im Stande seien, sich zu regieren. Wir dürfen über ein Argument dieser Art nicht leicht hinweggehen, eben weil dergleichen das Ohr kitzelt. Wir müssen ihm entgegen treten. Ich gebe zu, daß der Auswanderer nach Kansas und Nebraska fähig ist, sich selbst zu regieren, aber, und der Sprecher richtete sich groß auf, „Ich leugne sein Recht, irgend eine andere Person zu regieren, ohne die Einwilligung der betreffenden Person."

Donnernder Beifall folgte und einen Monat später wurde die erste republikanische Legislatur von Illinois erwählt.

Douglas versuchte vergeblich, den Eindruck der Rede zu verwischen, indem er auf Nebenpunkte weitläufig einging. Als um sechs Uhr Abends eine Vertagung eintrat, bestand Douglas darauf, nach derselben seine Rede wieder aufzunehmen, was aber nicht geschah. In Peoria fand noch einmal eine Debatte statt, die von noch schlechterem Erfolg für Douglas begleitet war. Douglas begann um 2 Uhr und zog seine Rede bis 6 Uhr hin, in der Hoffnung, daß die Farmer, welche hereingekommen waren, nicht da bleiben würden, um Lincoln's Erwiderung zu hören. Die Demokraten gingen sofort nach Hause, die Whigs und Freesoiler riefen laut nach Lincoln. Dieser schlug eine Vertagung bis nach dem Abendessen vor und ließ dann die Territorialfrage und die eben passirte Nebraska-Kansas-Bill eine dreistündige Revue passiren, in welcher er alle Ausflüchte und Inconsequenzen von Douglas vollständig bloß legte. Um halb 10 Uhr erhob sich Douglas, um nach der Uebereinkunft seine Stunde noch zu sprechen. Aber er füllte seine Stunde nicht aus, er klagte über seine Stimme, er sprach von der Schönheit Peoria's und der Intelligenz seiner Bürger, kurz von Allem, nur nicht gegen Lincoln's Argumente! Er konnte dagegen nicht aufkommen.

Mr. Lincoln erwartete Douglas zu einer weitern Debatte in Lacon oder Henry; aber der „kleine Riese" hatte für dieses Jahr genug von „Old Abe' und gab demselben keine weitere Gelegenheit, seinen Scharfsinn an ihm zu bewähren. Mit derselben Bescheidenheit und Selbstverleugnung, die er gezeigt hatte, als er seine Freunde in der Legislatur von '55 beredete, für Trumbull als Ver. Staaten-Senator zu stimmen, lehnte er 1856 die ihm zugedachte Ehre der Gouverneursstelle ab. Er bemerkte, er sei nicht der Mann dafür; Bissell werde einen bessern Gouverneur abgeben, und man könne ihn wegen seiner demokratischen Vergangenheit erwählen. Und so geschah es. Aber Lincoln trug zu dem Erfolge des Jahres mehr bei, als irgend ein anderer einzelner Mann. Er war den ganzen Sommer hindurch auf den Beinen. Er schien auf den Waggons der St. Louis Bahn zu wohnen, so oft sah man ihn in Bloomington und in den weiter unten gelegenen zweifelhaften Counties des mittleren und südlichen Illinois. Er war unermüdlich und aufopferungsfähig bestritt er oft die Kosten anderer Redner, die er für nöthig hielt, aus seiner eigenen Tasche, da zu der Zeit die republikanische Organisation noch jung und an Mitteln schwach war.

---

3. Kapitel.

Die großen Debatten zwischen Lincoln und Douglas im Jahre 1858.

James Buchanan war mittlerweile mit einer Minderheit der Volksstimmen zum Präsidenten der Ver. Staaten gewählt und die Theorie von Douglas, nach welcher die Leute in Kansas über die Sklaverei in ihrer Weise entscheiden sollten, hätte so blutige Früchte getragen, daß die öffentliche Meinung gerechten Verdacht gegen die Wirksamkeit des großen Wundermittels schöpfte. Als nun gar Buchanan versuchte, mit Gewalt dem Volk von Kansas die Lecompton-Constitution aufzubringen, als er in seiner Botschaft erklärte, die Sklaverei bestehe in Kansas so gut wie in Georgia und Süd-Carolina, als der schamlose Betrug, den man von '54 an mit dem Volke getrieben, auch dem Blödesten klar wurde, konnte auch Douglas die Regierung nicht mehr unterstützen, und er wandte sich im December 1857 in einer berühmten Rede gegen die Lecompton-Politik und erklärte, daß die Stimme des Volks von Kansas gehört werden müsse, ehe man ihm eine Constitution aufhalse, welche von einer Convention entworfen, die das Volk von Kansas gar nicht ordentlich und vollständig repräsentire.

Das Uebrige ist bekannt. Die Republikaner im Hause der Repräsentanten, unterstützt von den Anti-Lecompton-Demokraten, schlugen die Lecompton-Bill zurück und die Englisch-Bill, ein schmähliches Compromiß, schloß die Session.

Das gemeinschaftliche Handeln der Republikaner und Douglas-Demokraten in der Crittenden-Montgomery-Bill hatte Manche zu der Ansicht gebracht, daß auf dieser Grundlage ein dauerndes Bündniß errichtet werden könne, und die New-Yorker Tribune ging so weit, die Unterstützung von Douglas, dessen Senator-Termin seinem Erlöschen nahe war, den Republikanern von Illinois zu empfehlen. Douglas, der eingesehen hatte, daß ohne eine Opposition gegen die Lecompton-Bill, ohne eine Lossagung von Buchanan seine Wiederwahl in Illinois unmöglich, hatte eine Stellung eingenommen und eine Verfolgung sich zugezogen, die ihn für oberflächliche Zuschauer als Märtyrer des Rechtes erscheinen ließ. Aber die Illinois-Republikaner ließen sich durch diesen Märtyrerschein nicht beirren und Lincoln war es damals, der das sinkende Banner des Republikanismus aufgriff und in seinen glänzenden Debatten mit Douglas die Hohlheit des letzteren, die Gefahren seiner Grundsätze für die Freiheit und die Nothwendigkeit der bestimmten republikanischen Organisation nachwies. Während im Osten der Gegensatz zwischen Republikanern und Douglas- oder Anti-Lecompton-Demokraten unklar wurde und sich verwischte, während dort republikanische Stimmen Anti-Lecompton-Demokraten wieder in den Congreß schickten, wurde in Illinois der Kampf zwischen Douglas-Demokratie und Republikanismus mit einer Schärfe und einer Energie gekämpft, welche die Zukunft der republikanischen Partei gerettet und ihren Sieg sicher gestellt hat. Und Lincoln gebührt hiervon der größte Theil des Ruhmes. Aus dem Briefwechsel, der zwischen Lincoln und Douglas gepflogen wurde, erhellt deutlich, daß Douglas diese gemeinschaftlichen Debatten nicht sehr sehnlich wünschte. Er beeilte sich, seine Engagements bis spät im August 1858 festzusetzen und erklärte sich schließlich nur zu sieben Debatten bereit in den sieben Congreß-Distrikten, in welchen Douglas und Lincoln in dem Jahre noch nicht gesprochen hatten. In Springfield und Chicago, den Hauptorten der beiden übrigen Distrikte, hatten beide kurz hintereinander gesprochen.

Lincoln erklärte sich damit einverstanden, und überließ Douglas unter Anderem auch den Vortheil, viermal die Debatte zu eröffnen, während ihm dies nur dreimal zufiel.

Ueber diese Debatten haben zu jener Zeit und wieder jetzt die Zeitungen sich genügend geäußert und die Wichtigkeit derselben für die Entwicklung des Kampfes zwischen Demokratie und Republikanismus ist durch den neulich in Columbus, Ohio, geschehenen Abdruck derselben in einem Bande hinlänglich dokumentirt. Dieser Abdruck geschah nämlich vor der Nomination Lincoln's zum Präsidentschafts Candidaten der republikanischen Partei.

Wir haben persönlich den beiden ersten und vielleicht wichtigsten der sieben Debatten, in Ottawa und Freeport beigewohnt und können dreist erklären, daß ein ähnlicher geistiger Ringkampf noch nicht in Illinois erlebt worden. Douglas wie Lincoln repräsentirten nicht sich und ihre persönlichen Ansprüche, sondern zwei verschiedene Strömungen der öffentlichen Meinung des Nordens der Ver. Staaten und schon der außerordentliche Umstand, daß die republikanische Staatsconvention im Juni 1858 zu Springfield Abraham Lincoln als Candidat für das Amt eines Ver. Staaten-Senators an die Spitze der republikanischen Colonne stellte, bewies, daß er in diesem Kampfe eine außerordentliche, eine repräsentative Rolle spielen sollte. Und Lincoln war gerade der Mann für die Zeit und für die Lage der Dinge. Er wurde zwar nicht Ver. Staaten-Senator, in Folge einer ungerechten Distrikt-Eintheilung des Staats, aber seine Niederlage war die Stufe zum Tempel des Nationalruhms und zur Nomination durch die republikanische National-Convention von Chicago, im Mai 1860.

Horace Greeley, ein scharfer Beobachter, bemerkt über die geistige Qualität Lincoln's mit Bezug auf diese Debatten:

„Ich sage Euch, der Mann, welcher einen Staat mit Stephen A. Douglas „stumpt," und ihm Tag für Tag vor dem Volke entgegen tritt, kann kein Narr sein. Mancher Mann hält eine bessere erste Rede als Douglas, aber im Geben und Nehmen, rückwärts und vorwärts, ist er sehr scharf. Der Mann nun, welcher durch den Staat ging, gegen St. A. Douglas sprach, und nicht geschlagen wurde, — und kein Mann sagt, daß er es wurde — ist kein gewöhnlicher Mann; denn kein gewöhnlicher Mann kann zu einer solchen Arbeit genommen werden; und am Ende jener Campagne kam Mr. Lincoln mit 4000 Majorität der Volksstimmen heraus, obgleich Mr. Buchanan Fremont mit 9000 Majorität geschlagen und die allgemeine Stimmung außerhalb des Staats war, daß es besser sei, daß Douglas erwählt werde. Mr. Crittenden schrieb einen Brief, er schrieb, es sei besser, wenn Douglas erwählt werde, und es waren 30,000 „Amerikaner" (Know Nothings) da; ich glaube nicht, daß uns ein anderer Mann lebt, der die

Campagne so wirksam und zu gleicher Zeit mit so gutem Humor durchgefochten hätte, wie er es that. Mr. Trumbull würde ein wenig giftiger angefangen haben, aber der Eine oder Andere würde bald von der Platform herunter gebracht worden sein. Mr. Lincoln ging den Feldzug durch mit vollkommen gutem Humor und völliger Eleganz des Benehmens und er war der erste Mann, der jenen Staat für unsere Seite gewonnen."

Ein Illinois Correspondent einer Bostoner Zeitung gibt folgendes Bild von Lincoln, den er bei der Debatte in Galesburgh beobachtete: „Die Männer sind ganz von einander verschieden, Mr. Douglas ist ein stämmiger, gutgebauter, muthiger Mann, und hat eine selbstvertrauende Miene, die nicht wenig dazu hilft, seine Anhänger mit Hoffnung zu erfüllen. Mr. Lincoln ist ein langer, hagerer Mann, unbeholfen, anscheinend sich mißtrauend, und wenn er nicht spricht, hat er weder Festigkeit in seinem Gesicht noch Feuer in seinem Auge."

* * *

„Mr. Lincoln hat eine reiche, metallische Stimme, seine Aussprache ist sehr genau und er beherrscht die Sprache vortrefflich. Er begann mit einer Revue der Punkte, die Mr. Douglas aufgestellt. Hierbei zeigte er großen Takt, und seine Zurückweisungen, obgleich die eines Gentleman, waren scharf und trafen den Nagel auf den Kopf. Während er zu der Revue nur wenig Zeit brauchte, fühlten wir nicht, daß irgend Etwas übergangen wurde, das Aufmerksamkeit verdiente.

Er ging dann dazu über, die republikanische Partei zu vertheidigen. Er beschuldigte Douglas, nichts für die Freiheit zu thun; die Rechte und Interessen des farbigen Mannes zu mißachten; und etwa 40 Minuten lang sprach er mit einer Kraft, deren Gleichen wir selten gehört haben. Es war eine Größe in seinen Gedanken, eine Umfassendheit in seinen Argumenten, und eine bindende Kraft in seinen Schlußfolgerungen, die vollkommen unwiderstehlich waren. Die ungeheure Menschenmenge war still wie der Tod; jedes Auge haftete auf dem Sprecher und Alle liehen ihm ernste Aufmerksamkeit.

Es war der hohe Mann in seiner Beredsamkeit; sein Antlitz glänzte von Leben, und sein Auge blitzte von Intelligenz, die es strahlend machte. Er war nicht mehr ungelenk und ungeschickt, sondern voll Anmuth, kühn, gebietend.

Mr. Douglas hatte bis dahin ruhig geraucht; aber jetzt vergaß er seine Cigarre und lauschte mit besorgter Aufmerksamkeit. Als er sich erhob, um zu erwidern, schien er aufgeregt, verstört, und sein zweiter Vortrag schien uns ungemein weit hinter seinem ersten zurück zu bleiben. Mr. Lincoln hatte ihm eine große Aufgabe gegeben, und Mr. Douglas hatte nicht Zeit, ihm zu antworten, selbst wenn er die Fähigkeit dazu besessen."

Der Philadelphia „North American", ein conservatives und bedächtiges Blatt, bemerkt über Lincoln :

„Stephen A. Douglas hatte zehnmal seine Erziehung. Mr. Lincoln war meistens in seinem Beruf beschäftigt, den er unter großen Schwierigkeiten erlernt, aber mit ausgezeichnetem Erfolg ausübte. Er hatte jedoch wenig Erfahrung, als allgemeiner Politiker, außerdem daß er eine Zeit lang in der Illinois-Legislatur gesessen, und zwei Jahre im Congreß. Mr. Douglas, auf der andern Seite, ein Mann von großem angebornen Talent, und mit einer zehnmal so großen Lehrdisciplin als sein Rivale, war seit fünfzehn Jahren in dem eigentlichen Herzen der National-Politik gewesen.

Bei allen diesen Verschiedenheiten, in einem Staat, der demokratisch gewesen ist seit seiner Zulassung in die „glückliche Familie"; und einem populären Dogma opponirend, stumpte Lincoln Illinois gegen Douglas und gewann es. Die Reden auf beiden Seiten waren zahlreich und fähig." Der Schreiber bemerkt : „In mehr als einem Falle legte er den „kleinen Riesen" platt und völlig auf die Erde. Im Ganzen betrachten wir den Kampf als einen gleichen."

Wir würden diese verschiedenen Stimmen nicht anführen, wenn wir nicht wüßten, daß gerade aus der Zeit jener Debatten her die Idee stammt, als habe sich Lincoln damals Douglas nicht ebenbürtig erwiesen. Die Ursache dieser Ansicht ist aus den Debatten selbst zu ersehen. Es war Douglas selbst, der durch seine Anhänger und seine Presse die Ansicht verbreiten ließ, daß Lincoln sich fürchte vor Debatten, daß er nach der ersten Debatte so erschöpft geworden, daß er gezittert und von der Platform habe fortgetragen werden müssen. Diesen und ähnlichen Unsinn machte Lincoln in seinen Reden selbst damals gehörig lächerlich. Aber von dergleichen falschen Darstellungen bleibt immer Etwas hängen, namentlich bei Leuten, die sich nie die Mühe gegeben haben, die Reden Lincolns selbst zu lesen und die nur nach Hörensagen urtheilen und natürlich das leicht und gerne glauben, was sie wünschen.

Unser Urtheil und unser Eindruck von den Debatten ist, daß, obgleich die Position Lincoln's unvortheilhafter, doch sein geistiger Fond, das heißt, seine Fähigkeit, seinen Streitpunkt zu vertiefen und die volle Tragweite desselben zu übersehen, bedeutender war als der des Douglas, der an Wiederholung und Monotonie litt, so daß Lincoln selbst in seiner Antwort auf Douglas' Anfangrede in Galesburgh bemerkt :

„Ein sehr großer Theil der Rede, den Judge Douglas an Sie gerichtet hat, wurde früher gehalten und dem Druck übergeben. Ich beabsichtige jedoch durchaus nicht, dem Judge damit einen Stich zu versetzen."

Lincoln dagegen entwickelte sowohl im Angriff wie in der Vertheidigung eine Mannigfaltigkeit, eine Tiefe und eine Gewandtheit, welche seine Reden zu einem getreuen und hervorragenden

Abbruck der Stimmung von 1858 und zu einem Entscheidungs-
Element in der Entwicklung der republikanischen Partei selbst gemacht haben. Sein berühmter Satz: „Ein Haus, das mit sich
selbst uneins, kann nicht bestehen — ich glaube, daß diese Regierung
auf die Dauer nicht halb als Sklaverei- halb als freies Gebiet bestehen kann. Eins von beiden wird sie ganz werden. Entweder
werden die Gegner der Sklaverei ihrer weitern Ausbreitung Einhalt thun, und sie in eine solche Stellung bringen, daß die öffentliche Meinung sich mit dem Glauben beruhigt, die Sklaverei befinde
sich auf der Bahn schließlichen Erlöschens, oder ihre Vertheidiger
werden sie vorwärts drängen, bis sie gleicher Weise Gesetz in allen
Staaten geworden ist, den alten so gut als den neuen, im Norden so gut als im Süden," — drückt vollkommen den Gedanken aus,
den Senator Seward mehrere Monate später in seiner Rochester
Rede als den „unabweislichen Zwiespalt" zwischen Sklaverei und
Freiheit der Welt verkündigte.

Die erste Debatte zwischen Lincoln und Douglas fand am 21.
August 1858 in Ottawa statt. Der Eindruck dieser ersten Debatte
war, daß Lincoln seinem Gegner mit Erfolg die Spitze geboten. Wären nicht einige Kunstgriffe von Douglas angewandt worden, als da
sind falsche Angaben Betreffs einer Platform der republikanischen
Partei, so würde alle Welt schon damals übereingestimmt haben,
daß Lincoln's Argumente die stärksten waren. Aber indem Douglas die in einer republikanischen Distrikt-Versammlung von 1854
gefaßten Beschlüsse für eine Platform der republikanischen Partei
von Illinois ausgab, und Lincoln die dreiste Behauptung seines
Gegners nicht gleich als Fälschung nachweisen konnte, gerieth er
für den Augenblick in eine ungünstige Stellung. Im Wesentlichen jedoch erweiterte er schon in der ersten Rede den Gegensatz
zwischen Douglas und der republikanischen Partei zu der Breite,
die wirklich vorhanden war, aber erst später von der Masse als
solche erkannt wurde.

Doch dem Vorspiel in Ottawa folgte der schärfere Kampf in
Freeport am 27. August.

Lincoln ging aus der Defensive in die Offensive über. Nachdem
er die von Douglas an ihn in der Absicht gestellten Fragen dar-
zustellen, ihn (Lincoln) bei den Republikanern als weniger ra-
dical gegen die Sklaverei gesinnt, sehr ruhig und überlegt beantwortet hatte, legte er seinem Gegner verschiedene Fragen vor, an
welchen derselbe sich fing und seine demokratische Zukunft für immer ruinirte, wie die neueste Entwicklung das klar dargethan hat.

Bis dahin waren Douglas und sein Glück stets in einem Boote
zusammen gewesen, von der Zeit an drehte das Glück ihm den Rücken, und obgleich er für den Augenblick sein Ziel erreichte, wieder
zum Ver. Staaten-Senator für Illinois gewählt zu werden, wurden doch seine Aussichten auf den Präsidentenstuhl für immer durch
eben die Mittel verdorben, welche ihm den Sitz im Ver. Staaten-
Senate auf weitere sechs Jahre erwarben.

Es ist kein geringer Beweis für Lincoln's Scharfsinn, daß er damals diese Folgen für Douglas voraussah. Als er am Abend vor der Freeporter Debatte einigen seiner Freunde die Fragen mittheilte, die er Douglas zur Beantwortung vorzulegen beabsichtigte, darunter die : „Kann das Volk eines Ver. Staaten Gebiets in irgend einer gesetzlichen Weise gegen den Wunsch eines Bürgers der Ver. Staaten die Sklaverei aus seinen Grenzen ausschließen vor der Bildung einer Staats-Constitution?" bemerkten ihm seine Freunde, daß, wenn er diese Frage vorlege, Douglas aus der Noth eine Tugend machen und seine Squattersouveränetäts-Doktrine trotz der Dred Scott-Entscheidung feststellen und dadurch Senator für Illinois werden würde. „Das mag sein, antwortete Lincoln, und sein großes Auge blitzte, aber wenn er den Sprung macht, k a n n e r n i e m a l s P r ä s i d e n t s e i n."

Die Geschicklichkeit von Lincoln's Manöver leuchtet ein, wenn man bedenkt, daß bis dahin Douglas in seinen Reden sehr wenig von "popular sovereignty" (Volkssouveränetät) gesprochen, sondern vor Allem die republikanische Partei angegriffen, um sie auf Vertheidigung zu beschränken.

Diese Taktik wurde durch Lincoln mit Erfolg durchbrochen und Douglas behauptete in seiner Antwort zu Freeport, daß, gleichviel was die Ver. Staaten Supreme Court über die abstrakte Frage entscheiden möge, ob die Sklaverei unter der Constitution in ein Gebiet gehen kann oder nicht, das Volk das gesetzliche Mittel habe, die Sklaverei einzuführen oder auszuschließen, wie es ihm beliebe, aus dem Grunde, weil die Sklaverei nirgendwo einen Tag oder eine Stunde existiren könne, wenn sie nicht durch lokale Polizei-Verordnungen aufrecht erhalten werde. Er bemerkt ferner, wenn das Volk gegen Sklaverei sei, so werde es Vertreter in die Legislatur schicken, welche durch unfreundliche Gesetzgebung die Einführung der Sklaverei in ihre Mitte wirksam verhindern würden. Durch diese Noth- und Hinterthür der „unfreundlichen Gesetzgebung," durch welche Douglas seine „Volkssouveränetät" wieder hineinschmuggelte, nachdem die Dred Scott-Entscheidung dieselbe zur Vorderthür durch die ausdrückliche Erklärung hinausgeworfen, daß weder der Congreß noch eine Territorial-Legislatur gegen die Sklaverei in Gebieten einschreiten könnten, rettete sich Douglas für den Augenblick, verwickelte sich aber in ein Netz von Widersprüchen, aus dem er nicht wieder im Stande gewesen ist, sich herauszuziehen.

Senator Benjamin, von Louisiana, enthüllt die Kluft, welche Douglas durch jene Rede zwischen sich und der Demokratie des Südens aufgerissen. Er bemerkt in seiner berühmten Rede im Mai 1860 mit Beziehung auf die Freeporter Rede: „Dort steht die Erklärung der plötzlichen Aenderung, welche in dem Verhältniß des Senators von Illinois zu der übrigen demokratischen Partei bewirkt wurde. Es war zu der Zeit, als er im Jahre 1858, begierig, in den Senat zurückzukehren, mit dem Herrn, welcher jetzt der Candidat der schwarzrepublikanischen Partei für die Präsidentschaft ist, den Staat Illinois bearbeitete. Als man ihm in verschiedenen Theilen des Staats eben mit dem Argumente zusetzte, daß er eingewilligt habe, die Frage dem Gericht zu überlassen, daß das höchste Gericht die Frage zu Gunsten des Südens entschieden habe, und daß deßhalb unter der Kansas-Nebraska-Bill die Sklaverei in allen Gebieten der Ver. Staaten fixirt sei — als er in jenem Kampfe in Illinois sich sinken sah, brach er sein Versprechen, und sagte dem Volke seines Staates geradezu, daß, gleichviel, ob es entschieden sei oder nicht, und gleichviel, was das Gericht entscheiden möge, die Kansas-Nebraska-Bill die Macht in das Volk des Nordens gelegt hätte, jedes Gebiet in der Union frei zu machen.

Lincoln legte in seiner Erwiderung die Unehrlichkeit seines Gegners vollständig bloß, der auf der einen Seite die Dred Scott-Entscheidung und das Recht des Sklavenhalters, mit seinen Sklaven in die Gebiete zu gehen, vollkommen anerkannte, und mit seiner „unfreundlichen Gesetzgebung" diesem Recht von hinten gleichsam einen heimtückischen Stoß versetzte.

Der Süden wurde dadurch um so mehr erbittert, als Douglas 1854 und 1856 sich verpflichtet hatte, die Entscheidung der Supreme Court über die Macht oder Ohnmacht der Territorial-Legislatur in diesem Punkte anzuerkennen und da jene Entscheidung 1857 wirklich erfolgt war und Douglas unermüdlich gepredigt hatte, daß die Entscheidung der Supreme Court endgültig sei und sich jeder gute Bürger derselben beugen und fügen müsse.

In eine nicht weniger arge Klemme trieb Lincoln seinen Gegner durch die Frage: „Wenn die Supreme Court entscheidet, daß Staaten die Sklaverei nicht aus ihren Grenzen ausschließen können, sind Sie dafür, bei einer solchen Entscheidung sich zu beruhigen, sie anzunehmen und ihr als einer Regel der politischen Aktion Folge zu leisten?"

Da Douglas das Sklaven-Eigenthum mit anderm Eigenthum auf gleiche Stufe gestellt und ferner seine Unterwürfigkeit unter gegenwärtige und zukünftige Entscheidungen der Supreme Court ausgesprochen hatte, war die Frage nur eine nothwendig logische Consequenz der von Douglas anerkannten Vordersätze.

Douglas wußte sich in der That nicht anders zu helfen, als durch entrüstetes Augenverdrehen und die Erklärung, daß die Supreme Court unmöglich eine solche Entscheidung geben werde, und daß Senator Toombs, von Georgia, im Senat erklärt habe, Niemand südlich vom Potomac hege solche Ansprüche. Aber weder in Freeport, noch in späteren Debatten war Douglas dazu zu bringen, diese gefährliche und verfängliche Frage Lincoln's einfach mit Ja oder Nein zu beantworten. Er beharrte auf seinen ausweichenden Antworten.

In der dritten Debatte zu Jonesboro wies Lincoln noch vollständiger den Widerspruch nach, in dem sich Douglas in Freeport verwickelte. Er zeigte, daß Douglas seinem conftitutionellen Eibe untreu sei, wenn er trotz seiner erklärten Unterwerfung unter die Dred Scott-Entscheidung die „unfreundliche Gesetzgebung" festhält.

In der sechsten Debatte zu Charleston brachte er einen neuen faulen Fleck des politischen Manövrirens von Douglas zu Tage. Man erinnert sich, daß Douglas im December 1857 der Administration deßhalb den Fehdehandschuh hinwarf, weil die von der Lecompton-Convention gemachte Constitution nicht dem Volke von Kansas zur Abstimmung vorgelegt sei. Lincoln zeigte aus den Congreßverhandlungen, daß Douglas selbst es gewesen, der aus der Toombs-Bill die Clausel ausgestrichen, nach welcher die Constitution, die nach den Bestimmungen der Bill in Kansas gebildet werden sollte, dem Volke zur Abstimmung vorgelegt werden sollte. Es erhellt daraus, daß Douglas noch im Sommer des Jahres 1857 ganz mit der Administration einig war, daß er die Abstimmung über die Constitution durch das Volk durchaus nicht als wesentlich betrachtete, und daß er erst im December 1857 plötzlich umsattelte, und sich gegen Buchanan und die Administration wandte, um durch solche Opposition seine Wiederwahl zum Ver. Staaten-Senator in Illinois zu sichern, wo man bereits an dem Segen der „Volkssouveränität" bedeutend irre zu werden begann.

Die übrigen Debatten wurden in Galesburg, Quincy, und die letzte am 15. October zu Alton abgehalten.

Während wir den Charakter der Debatte durch Auszüge aus Lincoln's Reden später im Einzelnen erläutern werden, können wir nicht umhin zu bemerken, daß aus einem Ueberblick der Leistungen der beiden Redner so viel hervorgeht, daß Lincoln eine weit größere Mannigfaltigkeit des Stoffes und der Behandlung herzubrachte, als Douglas, der sich, wie sonst überhaupt, oft fast wörtlich wiederholte. So bemerkt Lincoln selbst in seiner Erwiderungsrede auf die Anfangsrede seines Gegners zu Galesburg: „Ein sehr großer Theil der Rede, die Judge Douglas Ihnen gehalten hat, ist früher gehalten und gedruckt worden. Ich beabsichtige damit nicht dem Judge einen Stich zu geben. Wenn ich nicht unterbrochen wäre, so war ich im Begriff zu sagen, daß, was ich auf einen sehr großen Theil der Rede zu antworten im Stande war, bereits mehr als einmal geantwortet und veröffentlicht wurde."

Caleb Cushing, der bekannte Präsident der Charleston und Baltimore Convention, und ein Mann von feinem literarischen und kritischen Geschmack, bemerkte nach Durchlesung der Debatten zwischen Lincoln und Douglas neulich: „Die Debatten erweisen Lincoln als einen Mann, der in allen Lebenselementen der geistigen Macht Douglas überlegen." Derselbe Cushing sprach über Lincoln im Allgemeinen das Urtheil aus: „Die Welt weiß noch nicht, was für ein bedeutender Mann Lincoln in Wirklichkeit ist." (The world does not know yet, how much of a man Lincoln really is.)

3

Obgleich Lincoln in Beziehung auf das Wahlresultat scheinbar besiegt erschien, so ging er doch in Wirklichkeit als Sieger aus dem gigantischen Ringen hervor.

Wenn man bedenkt, daß durch Crittenden's Einfluß die conservativen Whigs und Knownothings für Douglas zu stimmen bestimmt wurden, wenn man eben so den Einfluß erwägt, den der Brief des Vicepräsidenten Breckinridge auf einen großen Theil bereits schwankender Demokraten hatte, und endlich die isolirte Stellung der republikanischen Partei in Illinois, die allein das Banner des reinen Republikanismus gegen die Schein-Opposition der Anti-Lecompton Demokratie unter Douglas hoch hielt, ohne Ermuthigung von den Republikanern des Ostens und unter positiver Entmuthigung Seitens der einflußreichsten Blätter, wie z. B. der New-Yorker Tribune, so kann man einen Schluß ziehen auf die Wirksamkeit und Größe Lincoln's, der trotz aller dieser Hindernisse doch über 4000 Stimmen mehr bei der Volksabstimmung erhielt, als sein Gegner Douglas. Durch die ungerechte Eintheilung des Staats in legislative Distrikte erhielten freilich die Demokraten die Oberhand in der Legislatur. Der Senat enthielt 14 Demokraten und 11 Republikaner, das Haus 40 Demokraten und 35 Republikaner. Aber wenn man die bei der Wahl im Ganzen abgegebenen Stimmen betrachtet, so erhielt Lincoln 125,275, und Douglas 121,190. Die Popularität Lincoln's und seiner Grundsätze läßt sich durch Vergleich mit den im Jahre 1856 für Fremont abgegebenen Stimmen noch klarer ins Licht stellen.

Gesammtzahl der Stimmen in 1856:

Fremont.	Fillmore.	Buchanan.
96,189	37,444	105,348

Gesammtzahl der Stimmen in 1858:

Lincoln.	Lecompton.	Douglas.
125,275	5,071	121.190

Lincoln gewann im Vergleich zum republikanischen Botum von 1856	29,086
Douglas gewann im Vergleich zum demokratischen Botum von 1856	15,442
Lincoln's Nettogewinn	14,345

Selbst wenn man die ganzen Lecompton-Stimmen noch zu den Douglasstimmen hinzufügt, hat Lincoln immer noch 9,273 Stimmen voraus.

Die republikanische Partei behielt in dem Kampfe von 1858 nicht nur alle Counties, welche 1856 für Fremont gestimmt hatten, sondern sie gewann unter Lincoln's Führung noch sieben neue.

Zählt man die für Congreßmitglieder abgegebenen Majoritäten zusammen, so haben die republikanischen Congreßmitglieder von Illinois eine Majorität von 97 über die Douglas- und Buchanan-Partei zusammen.

4. Kapitel.

Reden Lincoln's in den Jahren 1859 und 1860 in Kansas, Ohio, New-York, Connecticut u. s. w.

Durch die Debatten mit Douglas und durch den Erfolg, den Lincoln darin gehabt, richtete sich die Aufmerksamkeit der Union auf den Führer der wachsenden republikanischen Schaaren von Illinois. Man wünschte in anderen Theilen des Landes ihn kennen zu lernen und nachdem er eine Zeit lang sich den Geschäften seines Berufes gewidmet, folgte er dem Rufe seiner Gesinnungsgenossen und hielt in Ohio, in Columbus und Cincinnati, Reden, in denen er das Werk fortsetzte, dem er seit Jahren in Illinois sich gewidmet, nämlich Douglas' Sophismen eben so rasch bloß zu stellen, als sie auftauchten. Douglas hatte nämlich mittlerweile sein Harper Manifest erlassen, um seine fast zu Grunde gerichtete Volkssouveränetäts-Doktrine neu anzuziehen und namentlich ihr Alter nachzuweisen. Er schob mit der ihm eigenthümlichen Keckheit den „Vätern der Republik" seine moderne Lehre in die Schuhe und behauptete im Wesentlichen, Territorien seien so gut als Staaten und müßten über die wichtige Frage der Sklaverei im Wesentlichen dieselbe Souveränetät ausüben, wie jene.

Lincoln wies die Inconsequenzen und den Mangel an logischem Zusammenhang in Douglas' Manifest schlagend nach. Er fragt unter Anderm einfach: „Wenn kein Unterschied zwischen Territorien und Staaten ist, warum macht man denn nicht die Gebiete ohne Weiteres zu Staaten? Was ist der Grund, daß Kansas nach der Ansicht des Judge Douglas nicht geeignet war, in die Union zu kommen, als es als Territorium organisirt wurde? Kann irgend Jemand von Ihnen irgend welchen Grund angeben, warum es nicht auf der Stelle in die Union kam? Douglas glaubt, daß die Leute in Gebieten geeignet sind, über die Sklavenfrage zu entscheiden, — die größte und wichtigste Frage, mit welcher sie überhaupt zu thun haben können, — was konnten sie dadurch thun, daß sie heraus blieben? Ah, sie sind nicht geeignet, im Congreß zu sitzen und über die Portosätze zu entscheiden oder über Fragen des Werth- und Gewichtstarifs für ausländische Waaren, oder über live oak Bauholz-Contrakte. (Gelächter.) Sie sie sind nicht für die Entscheidung dieser ungemein wichtigen Dinge geeignet, die national in ihrer Tragweite sind, aber sie sind geeignet, gleich vom ersten Anfang an, diese kleine Negerfrage zu entscheiden. Doch, meine Herren, der Fall ist zu klar; ich nehme zu viel Zeit dafür in Anspruch, und ich gehe weiter."

In Cincinnati am 17. September 1859 hielt Lincoln seine zweite große Rede in dem Ohio Feldzuge unter ungemeinem Beifalle. Mit dem ihm eignen Talent riß er die Decke von Douglas' Ansichten weg und wies nach, daß er im Grunde den Weg für die weiteren Forderungen des Südens im Norden vorbereite durch

3*

die systematische Demoralisation der öffentlichen Meinung. Er zeigte, daß Douglas vom Süden sich nur in sofern unterscheide, als es für ihn nothwendig sei, um nicht jeden Halt in seiner eigenen Landessektion zu verlieren; daß, da er nicht zu behaupten wage, daß die Sklaverei recht, er sich für gleichgültig erkläre, „ob die Sklaverei für oder ob sie nieder gestimmt werde" und dadurch indirekt die Ansicht förbere, daß sie nicht unrecht sei; und ferner, daß Douglas einen Schritt vorwärts im Interesse der Sklavenmacht gethan habe, indem er, woran vor fünf Jahren noch kein Mensch gedacht haben würde, zu leugnen wagte, daß die Unabhängigkeit irgend einen Grundsatz enthalte, dessen Anwendung auf schwarze Menschen beabsichtigt sei oder sie einschließe. Die Tendenz dieser Aufstellung sei, „die öffentliche Meinung zu dem Schluß zu bringen, daß, wenn von Menschen die Rede ist, der Neger nicht gemeint ist; daß, wenn von Negern die Rede ist, nur Thiere (brutes) gemeint würden."

In so schlagender Weise wies Lincoln nach, daß Douglas in Wirklichkeit der beste Freund sei, den der Süden nur haben könne, und daß Niemand mehr für dessen Interessen gethan habe und thun könne, als gerade er, daß Douglas selbst viele tausende Exemplare der Lincoln'schen Rede im Süden verbreitete, um dem Süden seine „gute Gesinnung" durch die Bescheinigung eines republikanischen Führers neu bekräftigt, einleuchtend und glaublich zu machen.

Wenn es überhaupt des Erfolgs bedürfte, die Wirksamkeit der Lincoln'schen Reden zu erweisen, so lieferte der Ausgang der Ohio Wahlen dafür einen glänzenden Beleg. Lincoln machte den Eindruck der Douglas'schen Reden total zu Nichte, und eine Legislatur wurde gewählt, welche an die Stelle des Demokraten Pugh den bewährten Republikaner Salmon P. Chase in den Ver. Staaten-Senat schickte.

In Leavenworth wurde Lincoln mit großem Enthusiasmus empfangen. Das Leavenworth Register spricht von seinem glänzenden Empfang in Kansas: „Niemals wurde ein Mann von unserem Volke so geehrt, und niemals zollte unser Volk die Ehrenbezeugungen einem besseren Manne, oder Jemanden, der ein treuerer Freund von Kansas gewesen. Der Name von „Abe Lincoln" ist an jedem Heerde in Illinois, Indiana und Ohio bekannt. Ebenso sei er es in Kansas, denn wir verdanken ihm viel für seine frühzeitigen Bemühungen zu Gunsten der Freiheit in Kansas."

Mit noch größerem Erstaunen lauschte die Bevölkerung New-Jork's und New-England's dem großen westlichen Redner. Das Zurückgehen auf die ersten Prinzipien der Freiheit und der Constitution, das überall vorbrechende moralische Gefühl, die unerbittliche Logik Lincoln's erfüllten die Leute des Ostens mit eben so viel Achtung vor seinem Verstande, wie vor seinem Herzen.

Die Versammlungen, die ihm zuhörten, waren groß an Zahl und zollten ihm eifrige Aufmerksamkeit. Sie fanden ihn hager und eckig

in seiner äußern Erscheinung, aber während der Rede gewann er
ihr Auge durch die Veränderung seiner Züge und seiner Haltung;
sie fanden seinen Styl durchsichtig und einfach, seine Argumente
stark, seine Aussprache genau und voll. Jenes echte Zeichen des
wahren Redners, die Fähigkeit, sich die Sympathie einer unbe-
kannten Zuhörerschaft zu erringen und sie durch den Humor zu
erschüttern, der ihr zusagt; bewährte Lincoln namentlich vor der
kritischen und schwer zu befriedigenden Versammlung in Coo-
per's Institut in der Stadt New-York. Seine Rede erschien vollständig in den New Yorker Zeitungen und bildet in deutscher und
englischer Sprache eines der wirksamsten Campaign-Dokumente.
Wir lassen die Rede unter dem Abschnitt, der die Reden Lincoln's
enthält, vollständig folgen und verzichten damit für jetzt auf eine
weitere Charakteristik derselben. Sie war die beste größere Rede,
die Lincoln bis jetzt gehalten hat und sie bildet einen glänzenden
Schluß seiner bisherigen rednerischen Thätigkeit im Dienste der
republikanischen Sache.

5. Kapitel.

Die Nomination Lincoln's für die Präsidentschaft in der Chicago Convention.

Die zweite republikanische National-Convention fand am 16.
bis 19. Mai im Wigwam von Chicago statt, zu einer Zeit, als
die Demokratie in Charleston gespalten und die Nominationen
derselben zu Baltimore noch nicht erfolgt wären. Die Nomination der Republikaner mußte daher eine solche sein, die auf alle
Fälle paßte, die stark genug war für die stärkste Nomination, welche
der nördliche Flügel der demokratischen Partei machen würde.
Verschiedene hervorragende Candidaten waren vor der Chicago
Convention. Vor Allen waren die Anhänger des großen New-
Yorkers, W. H. Seward, thätig. Der Mann, welcher unter Sturm
und Unwetter die republikanische Flagge hoch gehalten, so hieß es,
sei auch der Mann, den sie jetzt auf die Citadelle des Feindes
pflanzen und der mit dem Siegerkranz gekrönt werden müsse.
Aber neben Seward und mit Seward, als Vice-Präsidentschafts-
Candidat, wurde Lincoln bereits genannt, und es ist für die Popularität Lincoln's nicht wenig bezeichnend, daß auch andere Tickets, wie die von Cameron, Dayton 2c., sich durch seinen Namen
zu stärken für zweckmäßig fanden.
Die republikanische Convention mußte einen Mann aufstellen,
der vollständig und entschieden die republikanischen Grundsätze repräsentirte, dessen präcise Schärfe republikanischer Ansichten die
republikanische Linke anziehen, und dessen Vergangenheit die republikanische Rechte nicht zurückstoßen sollte. Abraham Lincoln
vereinigte diese Erfordernisse in seiner Person, er war in umfas-

senbem Sinne, der Mann für die Situation und beide decken sich so vollständig, daß eben daraus der Mangel von jenem stürmischen Enthusiasmus zu erklären ist, der für solche Candidaten sich an den Tag legt, die aus irgend welchen persönlichen Gründen sich die allgemeine Zuneigung der Massen erworben haben.

Die republikanische Partei stellt ihre Grundsätze in erste Linie, und ihre Bannerträger in zweiter. Bei dem sinkenden Schiff der Demokratie, das den Compaß der Principien verloren hat, ist es umgekehrt. Dort ist der Mann am Steuerruder Alles; Führer, Compaß und Principien, und er füllt daher den Vordergrund, während von den Principien möglichst wenig gesprochen wird.

Die Verhandlungen der Chicago Convention sind noch in frischem Gedächtniß. Lincoln, der von Illinois vorgeschlagen, von Indiana einstimmig unterstützt wurde, von New-England, Ohio, Pennsylvanien, Jowa, Virginien, Kentucky, beim ersten Ballot zahlreiche Stimmen erhielt, hatte beim dritten Ballot 231½ Stimmen und wurde dann auf Antrag von Mr. Evarts, dem Vorsitzer der New-Yorker Delegation, für einstimmig gewählt erklärt.

Pennsylvanien, das beim zweiten Ballot 48 Stimmen für Lincoln warf, entschied den Kampf.

Der Jubel in dem ungeheuren Gebäude, in welchem die Convention saß, war unbeschreiblich, als Lincoln's Erwählung sich als unvermeidlich herausstellte. Er brach los wie ein Sturm, ohne die officielle Ankündigung des Wahlresultats abzuwarten, die ohnedem durch die Delegation der meisten Staaten, welche ihr Votum zu Gunsten Lincoln's änderten, fortwährend hinausgeschoben wurden.

Wir lassen die Worte folgen, mit denen Mr. Evarts, von New-York, seinen Antrag, die Nomination von Lincoln zu einer einstimmigen zu machen, begleitete:

„Herr Präsident, Mitglieder der nationalen republikanischen Convention: Der Staat New-York kam mit voller Delegation, mit vollständig einmüthigem Entschluß in diese Convention und präsentirte Ihrer Wahl einen seiner Bürger, der dem Staat von Jugend auf gedient, der für ihn gearbeitet und ihn geliebt hatte. Wir kommen von einem großen Staat und wir dachten, mit einem großen Staatsmanne; und unsere Liebe zu der großen Republik, für welche wir Alle Delegaten sind — und unsere Liebe zu der großen republikanischen Partei der Union, und unsere Liebe zu unserem Staatsmann und Candidaten, ließ uns glauben, daß wir gegen das Land, und das ganze Land unsere Pflicht erfüllten, wenn wir ihn vorzuziehen und unsere Liebe für ihn erklärten. Denn, meine Herren, es war Gouv. Seward, durch den die Meisten von uns republikanische Grundsätze und die republikanische Partei lieben lernten. Seine Treue gegen das Land, die Constitution und die Gesetze, seine Treue gegen die Partei und das Princip, daß die Mehrheit herrscht, sein Interesse an der Förderung unserer Partei zum Siege, durch den unser Land zum wahren Ruhme sich erheben soll, bewegt mich anzunehmen, daß ich seine Ansicht ausspreche, wie in Wirklichkeit die Ansicht unserer Delegation, wenn ich jetzt beantrage, daß die Nomination von Abraham Lincoln, von Illinois, als der republikanische Candidat für die Stimmen des ganzen Landes, für das Amt des ersten Beamten der amerikanischen Union, zu einer einstimmigen gemacht werde." (Enthusiastischer Beifall.)

Mr. Browning, von Illinois, antwortete: „Herr Präsident und Mitglieder der Convention! Im Namen der Illinois Delegation bin ich ersucht, eine geeignete Antwort auf die Reden zu geben, die wir von unsern Freunden aus den andern Staaten gehört haben. Man kann kaum erwarten bei dieser Gelegenheit, daß Illinois eine Rede halten oder daß man es dazu auffordern sollte. Wir sind im gegenwärtigen Augenblicke so erhoben, daß wir kaum im Stande sind, um unsere eigenen Gedanken sammeln oder sie für die, welche uns zuhören, verständlich ausdrücken zu können.

Ich wünsche zu sagen, meine Herren von der Convention, daß in dem Kampfe, durch den wir so eben hindurch gegangen, uns kein Gefühl der Feindseligkeit gegen den erlauchten Staatsmann von New-York bestimmte, der mit unserem eigenen geliebten und tapferen Sohn in Mitbewerbung trat. Uns trieb allein das Verlangen nach der sichern Förderung des Republikanismus. Die Republikaner von Illinois, welche glauben, daß die Grundsätze der republikanischen Partei dieselben Grundsätze sind, welche die Herzen unserer patriotischen Vorfahren der Revolution erwärmten und ihre Arme stärkten; daß es dieselben Grundsätze sind, welche auf allen Schlachtfeldern der amerikanischen Freiheit gerechtfertigt wurden, wurden allein durch die Ueberzeugung angetrieben, daß der Triumph dieser Grundsätze nicht nur nöthig sei zum Heil unserer Partei, sondern auch für die Fortdauer der freien Institutionen, deren Segnungen wir jetzt uns erfreuen; und wir haben gegen die Nomination des erlauchten Staatsmannes von New-York nur gekämpft, weil wir der Ansicht waren, daß wir mit mehr Hoffnung und Aussicht auf Erfolg in den Kampf auf den Prärien von Illinois gehen könnten unter der Anführung unseres eigenen edlen Sohnes. Kein Republikaner, der die Liebe zur Freiheit im Busen trägt und der das Verfahren Gouv. Seward's, von New-York, in dem Rathe der Nation beobachtet, der Zeuge gewesen der mannigfachen Veranlassungen, bei denen er sich zu der höchsten Höhe sittlicher Erhabenheit aufschwang in seinen Kämpfen mit den Feinden freier Institutionen; kein Herz, das die Freiheit liebt und die großen Kämpfe dieses Mannes gesehen, kann anders als seinen Namen bei dieser Gelegenheit verehren. Ich wünsche nur zu erklären, daß die Herzen von Illinois heute mit Gefühlen der Befriedigung erfüllt sind, für welche sie keine Ausdrücke finden. Wir sind nicht mehr überwältigt durch den Triumph unseres edlen Lincoln, den wir so sehr lieben, da wir die Reinheit seiner Vergan-

genheit, die Unbescholtenheit seines Charakters und die Ergeben-
heit gegen die Principien unserer Partei und die Tapferkeit kennen,
mit welcher wir durch diesen Kampf geleitet werden werden, als wir
es durch die Großmuth unserer Freunde vom großen und glorrei-
chen Staate New-York wurden, als sie beantragten, diese Nomination zu einer einstimmigen zu machen. Im Namen der Delegation von Illinois, im Namen der republikanischen Partei dieses
großen und wachsenden Präriestaates, biete ich allen unsern Freunden, New-York eingeschlossen, unsern herzlichen Dank und unsere
Dankbarkeit für die Nomination dieser Convention.

Mr. Lincoln und die Convention.

Seine Rede nach Anzeige seiner Nomination.

Das von der republikanischen National-Convention ernannte
Comite, welches Mr. Lincoln von seiner Nomination officiell in
Kenntniß setzen sollte, kam in Springfield um 7 Uhr 40 Minuten
Samstag Abend, den 19. Mai, an. Eine Masse Bürger geleitete
die Ankommenden nach dem Hotel, Kanonen wurden abgefeuert, und
eine Anzahl Häuser auf der Marschroute war glänzend illuminirt.
Nach dem Abendessen begab sich das Comite ruhig in das Haus
Lincoln's.

In dem Hauptparlor desselben redete Mr. Ashmun, das Haupt
des Comite's den Nominirten der republikanischen Partei, wie
folgt an:

„Ich habe, mein Herr, die Ehre, im Namen der gegenwärtigen
Herren, eines Comite's, das die republikanische Convention ernannte, die neulich in Chicago versammelt war, eine höchst angenehme Pflicht zu erfüllen. Wir sind mit der Instruktion gekommen Ihnen anzuzeigen, daß Sie von der Convention der Republikaner in Chicago zu deren Candidaten für das Amt eines Präsidenten der Ver. Staaten ausgewählt sind. Sie instruirten uns,
mein Herr, Ihnen diese Wahl anzuzeigen, und sie halten es nicht nur
für ein Zeichen der Achtung gegen Sie selbst, sondern als der wichtigen Angelegenheit angemessen, die sie in der Hand hatten,
in Person zu Ihnen kommen und Ihnen den authentischen Beweis
der Aktion jener Convention zu überbringen; und, mein Herr,
ohne weitere Redensarten, die entweder für Sie selbst schmeichel-
haft erachtet werden, oder irgend einen Bezug haben auf die Grundsätze, die in den Fragen liegen, mit denen Ihre Nomination in
Verbindung steht, wünsche ich Ihnen den Brief zu überreichen, der
bereit ist, und der Ihnen die Nomination meldet, und damit die
Platform, Berichte und Ansichten der Convention. Wir werden,
wenn es Ihnen angenehm ist, mit Vergnügen von Ihnen die
Antwort entgegen nehmen, die es Ihnen zu geben belieben mag.“

Mr. Lincoln erwiderte, wie folgt:

„Herr Vorsitzer, meine Herren vom Comite, ich biete Ihnen, und durch Sie der republikanischen National-Convention und dem darin vertretenen Volk meinen tiefsten Dank für die mir erwiesene hohe Ehre, welche Sie officiell mir melden. Tief und selbst schmerzlich die große Verantwortlichkeit empfindend, die von jener Ehre unzertrennlich ist, — eine Verantwortlichkeit, von der ich beinahe wünschen könnte, daß sie auf einen der ausgezeichneteren Männer und erfahreneren Staatsmänner gefallen wäre, deren erlauchte Namen vor der Convention waren, werde ich mit Ihrer Erlaubniß, die Beschlüsse der Convention, genannt die Platform, in volle Erwägung ziehen und ohne langen Aufschub Ihnen, Herr Vorsitzer, schriftlich antworten, indem ich nicht zweifle, daß die Platform befriedigend erfunden und die Nomination angenommen werden wird; und jetzt will ich mir nicht länger das Vergnügen versagen, Ihnen Allen die Hand zu reichen."

Die verschiedenen Mitglieder des Comite's, bestehend aus den Vorsitzern der verschiedenen Staatsdelegationen, wurden Mr. Lincoln vorgestellt, der sie mit einem herzlichen Händeschütteln begrüßte."

Die formelle Annahme der Nomination erfolgte einige Tage später in folgendem Briefe:

Springfield, Ill.; 23. Mai 1860.

An den ehrenwerthen George Ashmun, Präsident der republikanischen National Convention.

Mein Herr! Ich nehme die Nomination an, welche mir die Convention angeboten, deren Vorsitzer Sie waren, und welche mir formell durch Ihren und Anderer Brief angezeigt, die als Comite der Convention für den Zweck fungirten. Die Erklärung von Grundsätzen und Ansichten, welche Ihren Brief begleitet, findet meine Zustimmung und es wird meine Sorge sein, sie nicht zu verletzen oder in irgend einem Theil zu mißachten. Indem ich den Beistand der göttlichen Vorsehung erflehe, und mit geziemender Rücksicht auf die Ansichten und Gefühle Aller, welche in der Convention vertreten waren, auf die Rechte aller Staaten und Gebiete und des amerikanischen Volks, auf die Unverletzlichkeit der Constitution und die beständige Union, den Gewinn und die Wohlfahrt Aller, werde ich sehr erfreut sein, für den praktischen Erfolg der von der Convention aufgestellten Grundsätze mitzuarbeiten.

Ihr verpflichteter Freund und Mitbürger,

Abraham Lincoln.

5. Kapitel.

Abraham Lincoln's politische Ansichten, durch Abstimmungen und Auszüge aus Reden belegt.

Die in Chicago von der republikanischen National-Convention angenommene Platform, welche wir an einer andern Stelle mittheilen, gibt allerdings im Allgemeinen einen Umriß der Ansichten, welche der republikanische Präsidentschafts-Candidat billigt. Aber es ist von Wichtigkeit, die genaue Färbung zu geben, welche Lincoln's politische Stellung charakterisirt, theils um Befürchtungen vor zu großem Radicalismus seiner Antisklaverei-Ansichten zu beseitigen, theils um auf der andern Seite zu zeigen, daß er die Hauptidee, den großen und unversöhnlichen Gegensatz zwischen freier Arbeit und Freiheit im Allgemeinen und der Sklaven-Arbeit und der sie begleitenden despotischen Tendenz vollkommen erfaßt und vertieft hat. Wir geben zunächst Lincoln's Ansicht über die

Sklavereifrage,

wie sie in der Freeporter Rede vom 27. August 1858 ihren präcisesten Ausdruck findet. Er beantwortet darin eine Anzahl Fragen, die sein Gegner Douglas an ihn gerichtet, in folgender Weise:

Frage 1. Ich wünsche zu wissen, ob Lincoln jetzt für die unbedingte Aufhebung des Sklavenfanggesetzes ist?

Antwort. Ich bin weder jetzt, noch war ich es jemals, für die unbeschränkte Aufhebung des Sklavenfanggesetzes.

Frage 2. Ich wünsche zu wissen, ob er sich gegen die Zulassung neuer Sklavenstaaten in die Union verpflichtet hat, selbst wenn das Volk solche wünscht?

Antwort. Ich stehe weder jetzt, noch stand ich je verpflichtet gegen die Zulassung weiterer Sklavenstaaten in die Union.

Frage 3. Ich wünsche zu wissen, ob er verpflichtet steht gegen die Zulassung eines neuen Staats in die Union mit einer solchen Constitution, wie das Volk jenes Staats zu machen für angemessen befindet.

Antwort. Ich stehe nicht gegen die Zulassung eines neuen Staates in die Union mit einer solchen Constitution, als das Volk jenes Staates zu machen für gut befindet, verpflichtet.

Frage 4. Ich wünsche zu wissen, ob er heute verpflichtet da steht für die Abschaffung der Sklaverei im District Columbia?

Antwort. Ich stehe heute nicht verpflichtet für Abschaffung der Sklaverei im District Columbia.

Frage 5. Ich wünsche, daß er antworte, ob er sich auf das Verbot des Sklavenhandels zwischen den verschiedenen Staaten verpflichtet hat.

Antwort. Ich stehe nicht verpflichtet für das Verbot des Sklavenhandels zwischen den verschiedenen Staaten.

Frage 6. Ich wünsche zu wissen, ob er verpflichtet dasteht, die

Sklaverei in allen Gebieten der Ver. Staaten zu verbieten, im Norden sowohl als im Süden der Missouri-Compromiß-Linie?

Antwort. Ich bin implicite, wenn nicht ausdrücklich dem Glauben an die M a c h t und die P f l i c h t des Congresses ergeben, die Sklaverei in allen Ver. Staaten Gebieten zu verbieten.

Frage 7. Ich wünsche seine Antwort, ob er gegen die Erwerbung irgend welcher neuer Gebiete ist, wenn darin die Sklaverei nicht zuvor verboten ist?

Antwort. Ich bin im Allgemeinen nicht gegen die ehrliche Erwerbung von Gebieten; und in irgend einem gegebenen Falle würde ich solcher Erwerbung mich widersetzen, oder nicht widersetzen, je nachdem ich glauben würde, daß solche Erwerbung die Sklavereifrage unter uns noch schwieriger machen würde oder nicht.

Lincoln führt diese kurzen Antworten in derselben Rede sofort weiter aus, wie folgt:

Nun, meine Freunde, man wird bemerken, wenn man die Fragen und die Antworten darauf prüft, daß ich nur in so weit geantwortet habe, daß ich auf Dieß oder Jenes nicht verpflichtet da stehe. Der Judge (Douglas) hat seine Fragen nicht so gestellt, daß er mehr als das von mir fragt, und ich habe mich in meinen Antworten streng an die Fragen gehalten, und habe der Wahrheit gemäß geantwortet, daß ich durchaus mich in keinem der Punkte verpflichtet habe, auf welche ich geantwortet. Aber ich bin nicht gesonnen, mich genau an die Form der Fragestellung zu halten, ich bin vielmehr geneigt, wenigstens einige von diesen Fragen aufzunehmen und vorzulegen, was ich wirklich darüber für Ansichten habe.

Was die erste anbelangt, Betreffs des Sklavenfang-Gesetzes, so habe ich nie Anstand genommen zu erklären, und ich thue es auch jetzt nicht, daß ich der Ansicht bin, daß nach der Constitution der Ver. Staaten das Volk der südlichen Staaten einen Anspruch auf ein Sklavenfanggesetz des Congresses hat. Nachdem ich dieß gesagt, habe ich weiter nichts über das bestehende Sklavenfang-Gesetz zu sagen, als daß ich denke, dasselbe hätte so geformt werden sollen, daß es von einigen der Einwände frei wäre, welche dasselbe treffen, ohne die Wirksamkeit desselben zu verringern. Und in so fern als wir uns jetzt nicht in einer Agitation für Aenderung oder Modificirung des Gesetzes befinden, möchte ich nicht Derjenige sein, der es als neuen Gegenstand der Agitation der allgemeinen Sklavenfrage einführte.

Was die andere Frage betrifft, ob ich mich auf Zulassung weiterer Sklavenstaaten in die Union verpflichtet habe, so erkläre ich Ihnen ganz offen, daß ich es außerordentlich bedauern würde, je in die Lage gebracht zu werden, über diese Frage ein Urtheil abzugeben. Es würde mich ausnehmend freuen zu erfahren, daß kein weiterer Sklavenstaat jemals in die Union aufgenommen werden würde; aber ich muß hinzufügen, daß, wenn die Sklaverei während der Territorial-Existenz irgend eines gegebenen Territorium aus dem Gebiete fern gehalten sein wird, und dann das Volk, nachdem es freie Hand gehabt, bei der Annahme der Constitution, außergewöhnlicher Weise, ohne durch die Existenz der Sklaverei in seiner Mitte beeinflußt worden zu sein, eine Sklaverei-Constitution annähme, so würde ich keinen andern Ausweg sehen, wenn wir das Land besitzen, als es in die Union zuzulassen.

Die dritte Frage ist durch die Antwort auf die zweite beantwortet.

Die vierte ist die, welche sich auf die Abschaffung der Sklaverei im District Columbia bezieht. In Bezug darauf habe ich eine sehr bestimmte Ansicht. Es würde mir ungemein erwünscht sein, wenn ich die Sklaverei in dem Distrikt Columbia abgeschafft sähe. Ich glaube, daß der Congreß die verfassungsmäßige Gewalt besitzt, sie abzuschaffen. Jedoch als Mitglied des Congresses würde ich mit meinen jetzigen Ansichten nicht dafür sein, die Abschaffung der Sklaverei in dem District Columbia zu unternehmen, außer unter folgenden Bedingungen: 1. Daß die Abschaffung eine allmählige sei; 2. daß die Mehrheit der qualificirten Stimmgeber des Distrikts sich dafür erklärt; und 3. daß den nicht willigen Eigenthümern eine Entschädigung gegeben würde. Unter diesen drei Bedingungen würde ich ungemein froh sein, den Congreß die Sklaverei in dem Distrikt Columbia abschaffen zu sehen, und mit den Worten Henry Clay's „von unserer Hauptstadt den schimpflichen Fleck unserer Nation fortzuwischen."

In Bezug auf die fünfte Frage muß ich erklären, daß in Betreff der Frage über Aufhebung des Sklavenhandels zwischen den verschiedenen Staaten, ich in Wahrheit antworten kann, wie ich es gethan habe. Es ist ein Gegenstand, dem ich jene reifliche Erwägung nicht gewidmet habe, welche mich ermächtigt fühlen ließe, meine Stellung in solcher Weise zu definiren, daß ich mich dadurch ganz gebunden erachten würde. Mit andern Worten, jene Frage hat nie in genügend hervorragender Weise mir vorgelegen, um mich zu der Untersuchung zu veranlassen, ob wir wirklich die verfassungsmäßige Gewalt besitzen, es zu thun. Ich könnte sie untersuchen, wenn ich Zeit genug hätte, um zu einem Schluß über den Gegenstand mit mir zu kommen; aber ich habe es nicht gethan, und ich sage das Ihnen hier offen, und ebenso dem Judge Douglas. Ich muß jedoch erklären, daß, wenn ich zu der Ansicht gelangen sollte, daß der Congreß die verfassungsmäßige Gewalt besitzt, den Sklavenhandel zwischen den verschiedenen Staaten abzuschaffen, ich doch nicht für Ausübung jener Gewalt sein würde, außer auf einer conservativen Grundlage, ähnlich der, welche ich Betreffs der Abschaffung der Sklaverei im District Columbia niedergelegt habe.

Meine Antwort auf die Frage, ob ich wünsche, daß die Sklaverei in allen Gebieten der Ver. Staaten verboten werden sollte, ist vollständig und deutlich an sich und kann durch weitere Erläuterungen von mir nicht klarer gemacht werden. So glaube ich, daß in Bezug auf die Frage, ob ich gegen Erwerbung weiterer Gebiete sei, außer wenn die Sklaverei vorher darin verboten, meine Antwort der Art ist, daß ich nichts zur Erläuterung hinzuzusetzen vermag oder mich mehr verständlich machen könnte.

In allen diesen Punkten hat mich jetzt der Judge schwarz auf weiß.

Ich vermuthe, er hatte sich geschmeichelt, daß ich für verschiedene Orte verschiedene Ansichten bereit hielte, — daß ich mich fürchtete, an einem Platze zu sagen, was ich an einem andern aussprach. Was ich hier sage, sage ich, wie ich vermuthe, zu einer großen Versammlung, die eine so starke Tendenz zum Abolitionismus hat, wie irgend eine Versammlung im Staat Illinois, und ich glaube, ich sage Dinge, die, wenn sie irgend welchen Personen anstößig wären und sie mir zu Feinden machen würden, gerade für Personen in dieser Versammlung anstößig sein müßten."

In vollkommener Uebereinstimmung mit den eben angeführten Ansichten Lincoln's stehen seine Abstimmungen im Congreß, als Mitglied des Hauses der Repräsentanten in den Jahren 1847 — 1849. Er stimmte für das Wilmot Proviso zu verschieden Malen und trug durch seine Stimme dazu bei, das Verbot der Sklaverei in dem Territorium Oregon durchzusetzen.

Natürlich stand er dem alten John Quincy Adams treu zur Seite, als das Recht der Eingabe von Petitionen an den Congreß von der Sklavenmacht bekämpft wurde und er stimmte z. B. dagegen, die Petition von Caleb B. Smith, um Abschaffung der Sklaverei und des Sklavenhandels im Distrikt Columbia, auf den Tisch zu legen. Die Bill, welche Lincoln am 10. Januar 1849, Betreffs der Aufhebung der Sklaverei im District Columbia einbrachte und deren Grundzüge in der oben angeführten Antwort auf die vierte Frage von Douglas enthalten, ist charakteristisch für den conservativen, den Verhältnissen Rechnung tragenden Sinn des Mannes, während sie zugleich Zeugniß ablegt, daß er die Sklaverei genügend haßt, um für ihre Abschaffung kein Opfer zu scheuen. Die Bill setzt in der dritten Section fest, daß alle Kinder, die von Sklavinnen im District nach dem ersten Januar 1850 geboren werden, frei sein sollen, daß sie jedoch als Lehrlinge eine Zeit lang bei den Besitzern ihrer Mütter dienen sollen.

Die Section 4 bestimmt, daß Eigenthümer von Sklaven im District, welche ihre Sklaven freilassen wollen, den Werth derselben aus dem Ver. Staaten-Schatz vergütet erhalten sollen.

Die Section 6 bestimmt, daß der Akt nur in Kraft treten soll, wenn die Majorität der Stimmgeber des Districts sich dafür erklärt hat.

Die Ansichten und Abstimmuugen Lincoln's über den mexikanischen Krieg.

Wir haben dieselben bereits in einem früheren Kapitel berührt und bemerken nur, daß die demokratische Partei dieß Jahr nicht sehr geneigt scheint, dieses schon 1858 ausgebrauchte politische Capital zu benutzen. Die von Lincoln am 22. December 1847 gestellten Anträge ersuchen den Präsidenten um Aufschluß über den Ursprung des mexikanischen Krieges. Präsident Polk hatte nämlich in seiner Botschaft vorgegeben, daß die mexikanische Regierung in „unser Territorium eingebrungen und das Blut unserer Mitbürger auf unserm eigenen Boden vergossen habe." In Wirklichkeit war der Platz des Blutvergießens nicht das Gebiet der Ver. Staaten, sondern der unabhängige Staat Texas.

Nachdem jedoch der Krieg einmal im Gange, war Lincoln nicht dafür, ihn ohne Weiteres wieder aufzugeben und als ein beßfälliger Antrag am 3. Januar 1848 von Mr. Hudson, von Massachusetts, gestellt wurde, stimmte er dagegen. An demselben Tage behauptete er jedoch als Whig seine alte Ansicht über den ungerechten Ursprung des Krieges, indem er für Ashmun's Amendment stimmte, welchem in einem Dankbeschluß für General Taylor zu einem von demokratischer Seite gestellten Amendment sofort folgende Worte hinzuzufügen beantragte: „in einem Krieg, der unnöthiger Weise mit Verletzung der Constitution vom Präsidenten der Ver. Staaten angefangen wurde."

Für Ashmun's Amendment stimmten ferner Whigs, wie Clingman, von Nord-Carolina, A. H. Stephens, der jetzige demokratische Führer von Georgia, Toombs, von Georgia, und die Majorität des Hauses.

Oeffentliche Ländereien.

Am 21. December 1848 stellte Mr. McClelland im Hause der Repräsentanten folgenden Antrag:

„Beschlossen, daß der jetzige Handel mit öffentlichen Ländereien aufhören sollte, und daß sie an Bewohner und Bebauer unter geeigneten Bedingungen veräußert werden sollen, zu solchem Preis, daß dadurch Entschädigung erlangt wird für die Kosten ihres Ankaufs, ihrer Verwaltung und ihres Verkaufs."

Der Antrag, welcher den Grundsatz der Heimstättebill einschließt, wurde damals durch die vorgängige Frage beseitigt, aber Mr. Lincoln stimmte gegen diese Beseitigung. Er war bereit, Alles zu thun, wodurch die öffentlichen Ländereien in die Hände des Volks kamen, und nicht in die der Speculanten. In einer Rede vom 11. Mai 1848, in welcher er über die Bewilligung öffentlicher Ländereien an neue Staaten sprach, nahm er bereits den Standpunkt ein, der jetzt die republikanische Partei in Bezug auf öffentliche Ländereien charakterisirt. Er erklärte mit Beziehung auf das für Illinois zu Eisenbahnzwecken bestimmte Land, daß er es vorziehen würde, wenn man den Preis der reservirten (alternirenden) Sektionen nicht auf $ 2,50 erhöhte, sondern der Preis wie früher $ 1,50 bleiben möge. Er bemerkte, daß die Generalregierung ein Interesse an der Ausführung dieser inneren Verbesserungen habe, (Illinois-Central, Illinois-Canal) in sofern sie den Werth des Landes erhöhten, das unverkauft bliebe, und die Regierung in den Stand setzten, Land zu verkaufen, das sie sonst nicht hätten verkaufen können.

Zolltarif.

Am 19. Juni 1848 stellte Mr. Stewart von Pennsylvanien den Antrag, die Tagesordnung zu suspendiren, um folgenden Beschluß einreichen zu können:

„Beschlossen, daß das Comite der Wege und Mittel angewiesen werde, zu untersuchen, ob es zweckmäßig, eine Bill zu berichten, welche die Zölle auf fremde Luxusartikel aller Art und auf die auswärtigen Fabrikate erhöht, die jetzt der amerikanischen Arbeit eine verderbliche Concurrenz machen."

Mr. Lincoln stimmte für Suspension der Tagesordnung und damit für den obigen Beschluß.

Am 12. December 1848 stimmte Lincoln für folgenden von Mr. Eckert im Hause vorgelegten Beschluß:

„Beschlossen, daß das Comite der Wege und Mittel angewiesen werde, die Zweckmäßigkeit eines Berichtes über eine Tarif-Bill zu untersuchen, die auf den Grundsätzen des Tarifs von 1842 basirt sei."

Für innere Verbesserungen.

Lincoln hält mit der alten Whigpartei und der republikanischen Partei den Congreß für berechtigt, wichtige innere Verbesserungen von einer mehr als lokalen Bedeutung auf Ver. Staaten-Kosten machen zu lassen.

So stimmte er am 22. December 1847 für den Antrag des Mr. Wentworth von Illinois (damals Demokrat):

Beschlossen, daß die General-Regierung die Macht hat, solche Häfen anzulegen und solche Flüsse zu verbessern, die zum Schutz unserer Union und unseres Handels, sowie zur Vertheidigung unseres Landes nöthig und nützlich sind."

Der Antrag wurde mit 138 gegen 54 Stimmen angenommen. Ueber den Gegenstand der inneren Verbesserungen durch den Congreß hielt Lincoln eine längere durchdachte Rede am 20. Juni 1848 im Congreß. Dieser Gegenstand gehört überhaupt zu den speciellen Interessen Lincolns und schon als Mitglied der Illinois Legislatur war er stets dafür gewesen, die Hülfsquellen des Landes durch die pflegende Hülfe der Staatsregierung entwickeln zu helfen.

An der großen Fluß- und Hafenverbesserungs-Convention, die 1847 in Chicago abgehalten wurde, und deren Präsident Edward

Bates von Missouri, war Lincoln einer der thätigsten Theilnehmer. Seine Rede von 15 Minuten ist allen Anwesenden als eine der beredtesten und einbringlichsten in frischer Erinnerung und ist neben der berühmten Rede von Bates selbst, anerkannter Maßen die beste, die vor jener wichtigen Convention des Westens gehalten wurde.

Lincoln's Stellung zur Frembenfrage.
(Massachusetts-Amendment ꝛc.)

Lincoln's Stellung in der Frembenfrage war stets dieselbe, und zwar trat er für die durch den Knownothingismus bedrohten Rechte der Ausländer nicht nur passiv, sondern aktiv in die Schranken. So bei der ersten republikanischen Staats-Convention von Illinois im Jahre 1856 zu Bloomington. Jener Paragraph über die gleichen Rechte aller Bürger, gleichviel wo sie geboren, wurde beantragt und traf auf großen Widerstand. Ein Theil der republikanischen Partei speculirte auf die Stimmen der Fillmore-Whigs und Knownothings, und war gegen Aufnahme des Paragraphen. Lincoln wurde schließlich zum Schiedsrichter gemacht und er entschied sich für Aufnahme des Paragraphen, weil die darin ausgesprochenen Grundsätze recht seien und dieß der einzige Maßstab politischen Handelns sein müsse.

Auf der letzten republikanischen Illinois Staats-Convention zu Decatur am 10. Mai war er es, der für Annahme des ersten Paragraphen derselben wirkte und dessen Fassung beeinflußte, eines Paragraphen, in welchem das Massachusetts-Amendment in der entschiedensten und klarsten Weise für unverträglich mit den Grundsätzen der republikan. Partei erklärt wird. Der Paragraph lautet:

Die Republikaner von Illinois, in Convention versammelt, erklären hiermit, daß wir die in der Staats-Convention zu Bloomington, am 29. Mai 1856, und in Springfield, am 16. Juni 1858 angenommenen Platformen wieder bestätigen, und wir erklären ferner, daß wir dafür sind, allen Rechten aller Classen von Bürgern, ohne Rücksicht auf den Ort ihrer Geburt, zu Hause und im Auslande, vollen und wirksamen Schutz zu verleihen; daß in Bezug auf unsere Naturalisations-Gesetze, die von den Vätern der Revolution und der Constitution erlassen und gerecht im Princip sind, wir jeder Aenderung derselben uns widersetzen, durch welche die unter den jetzigen Gesetzen zur Erwerbung des Bürgerrechtes erforderliche Zeit verlängert werden würde, und daß die Staatslegislaturen kein Gesetz erlassen sollen, welches einen Unterschied zwischen eingebornen und naturalisirten Bürgern in Beziehung auf die Ausübung des Stimmrechtes macht.

Bereits vorher, im Mai 1859, hatte Lincoln seine Ansicht über das Massachusetts Amendment in einem Brief an Dr. Canisius, in Springfield, Illinois, mitgetheilt und dieser Brief ist um so wichtiger, als er zu einer Zeit geschrieben wurde, zu welcher Lincoln an eine Präsidentschafts-Nomination nicht im Entferntesten dachte. Der Brief charakterisirt durch seine Entschiedenheit und Mäßigung zugleich den Staatsmann und den principiellen Charakter. Er lautet, wie folgt:

Springfield, 17. Mai 1859.

Dr. Theodor Canisius. Werther Herr! Ihren Brief, in dem Sie für sich selbst und andere deutsche Bürger fragen, ob ich für oder gegen die Constitutions-Klausel, in Bezug naturalisirter Bürger bin, die kürzlich von Massachusetts angenommen wurde; und ob ich für oder gegen eine Fusion der Republikaner und anderer Oppositions-Elemente, für die Wahlcampagne von 1860 bin, habe ich erhalten.

Massachusetts ist ein souveräner und unabhängiger Staat, und ich bin nicht befugt, denselben für das zurecht zu weisen, was er thut. Wenn man jedoch aus dem, was er gethan hat, eine Folgerung zu ziehen sucht, was ich thun würde, so mag ich, ohne unbescheiden zu sein, mich aussprechen. Ich sage deßhalb, daß ich, so wie ich die Massachusetts-Klausel verstehe, gegen die Annahme derselben bin, sowohl in Illinois, als an irgend einem anderen Orte, wo ich das Recht habe, ihr zu opponiren. Indem ich den Geist unserer Institutionen so verstehe, daß derselbe die Erhebung der Menschen anstrebt, bin ich Allem entgegen, was zur Erniedrigung derselben beiträgt. Man weiß ziemlich allgemein, daß ich die unterdrückte Lage der Neger bemitleide, ich würde deßhalb ganz merkwürdig inconsequent sein, wenn ich irgend ein Projekt begünstigen könnte, welches die Tendenz hat, die bestehenden Rechte w e i ß e r M ä n n e r zu beeinträchtigen, wenn sie auch in einem andern Lande geboren sind, oder eine andere als meine Sprache sprechen.

Was nun die Sache einer Fusion anbetrifft, so bin ich dafür, wenn dieß auf republikanischem Grunde gethan werden kann; doch unter keiner andern Bedingung. Eine Fusion unter einer andern Bedingung würde eben so närrisch als principlos sein. Es würde dadurch der ganze Norden verloren gehen, während der gemeinsame Feind doch noch den ganzen Süden für sich gewinnen würde. Die Frage in Bezug von Männern ist eine verschiedene. Es befinden sich gute und patriotische Männer und fähige Staatsmänner im Süden, die ich mit Freuden unterstützen würde, wenn dieselben sich auf republikanischen Boden stellten; aber ich bin dagegen, daß die republikanische Standarte auch nur um ein Haarbreit gesenkt wird.

Ich habe dieses in Eile geschrieben, aber ich glaube, daß es Ihre Fragen wesentlich beantwortet.

Ihr ergebenster Abraham Lincoln.

Ein anderer Brief Lincoln's stellt seine Ansicht über die Deutschen ins vortheilhafteste Licht. Wir entnehmen ihn der „Illinois Staatszeitung" vom 17. Juli 1860:

Ein Brief Abraham Lincoln's und seine Hochschätzung der Deutschen.

Am 4. Juli 1858 feierten die deutschen Republikaner Chicago's den Tag der Unabhängigkeit in besonders festlicher Weise in Wright's Grove und bei Veranlassung der Uebergabe der prachtvollen Fahne an den republikanischen 7. Ward Club wurden patriotische Reden gehalten, Briefe Abwesender verlesen u. s. w. Folgender Brief von Abraham Lincoln, der gleichfalls verlesen wurde, ist von um so höherem Interesse, als die darin über die Deutschen ausgesprochenen Gesinnungen als der reine Ausdruck der Herzensüberzeugungen des Mannes zu betrachten sind, der damals den großen Kampf mit Douglas eben begonnen hatte, und der in seiner Isolirung und der Isolirung der Republikaner von Illinois, durchaus kein Interesse hatte, den deutschen Republikanern Chicago's Schmeicheleien zu sagen, da diese im Republikanismus zu fest gewurzelt standen, um dergleichen zu bedürfen.

Der Brief, ebenso wie der 1859 an Dr. Canisius über das Massachusetts-Amendment geschriebene, charakterisirt den geraden, ehrlichen und kosmopolitischen Charakter Lincoln's, der sich durch keinen Amerikanismus abhalten läßt, an Anderen zu loben und anzuerkennen, was sie an Vorzügen darbieten und der in der Charakterisirung dieser Vorzüge eine Delikatesse und einen Geschmack an den Tag legt, wie sie den Mann von Genie und Gefühl von dem gewerbsmäßigen Politiker unterscheiden und auszeichnen. Folgendes ist der Brief, wie die meisten Lincoln'schen Briefe kurz und gedrängten Inhalts:

Springfield, 30. Juni 1858.

An A. C. Hesing, H. Wendt, A. Fischer, Comite.

Meine Herren! Ihr gütiger Brief, der mich einladet, Ihrer Feier des Jahrestags der amerikanischen Unabhängigkeit beizuwohnen, die am 5. stattfindet, und bei welcher Gelegenheit den deutschen Republikanern der 7. Ward Ihrer Stadt ein Banner überreicht werden soll, ist empfangen. Ich bedaure erklären zu müssen, daß meine Engagements der Art sind, daß ich nicht bei Ihnen sein kann. Ich habe mehrere Einladungen vorher erhalten, die ich alle abzulehnen gezwungen war bis auf eine, die mir einen einzigen Tag von meiner Zeit fortnehmen wird. Dem Ihrigen beizuwohnen würde wenigstens vier erfordern.

Ich sende Ihnen einen Toast:

Unsere deutschen Mitbürger — stets der Freiheit, der Union, und der Constitution treu — treu der Freiheit, nicht aus Selbstsucht, sondern aus Prinzip — nicht für specielle Klassen von Menschen, sondern für alle Menschen; treu der Union und der Constitution; als die besten Mittel, jene Freiheit zu fördern.

Ihr gehorsamer Diener   A. Lincoln.

Seine politischen Ansichten, von ihm selbst dargestellt.

Lincoln selbst faßt sein politisches Glaubensbekenntniß in einen wahren Musterbrief zusammen, den er auf eine Einladung von Boston erließ, der Feier von Jeffersons Geburtstag beizuwohnen. Der Brief zeugt von einem genauen Studium der Jefferson'schen Schriften, und von einem seltenen Talent, in kurzem Raum die Quintessenz derselben zusammen zu drängen. Der Brief ist folgender:

Springfielb, Jll., 6. April 1859.

Geehrte Herren!

Ihre freundliche Einladung, einem Feste zu Ehren von Jefferson's Geburtstag am 13. dieses beizuwohnen, kam richtig in meine Hände. Meine Verbindlichkeiten hier verhindern mich anwesend zu sein. Wenn ich daran denke, wie vor 79 Jahren sich zwei große politische Parteien in diesem Lande bildeten, wie Thomas Jefferson das Haupt der Einen, und Boston der Sammelplatz der Andern war, so ist es für mich gleich merkwürdig und interessant zu sehen, wie Diejenigen, von denen man glaubt, daß sie in politischer Hinsicht von der Partei abstammen, die Jefferson opponirte, jetzt dessen Geburtstag in ihrer eigenen Stammveste feiern, während Diejenigen, die seine Anhänger sein wollen, kaum seinen Namen in den Mund nehmen.

Wenn man ebenfalls in Erinnerung bringt, daß die Jefferson-Partei, auf Grund ihrer muthmaßlich höheren Liebe für die persönlichen Rechte der Menschen gebildet wurde, und das Eigenthumsrecht nur für secundär und untergeordnet hielt, so ist es ebenso interessant zu bemerken, wie vollkommen diese beiden Parteien ihre Principien gewechselt haben, wenn man annimmt, daß die sogenannte Demokratie von heute die Jefferson'sche, und ihre Opponenten die Anti-Jefferson'sche Partei ist.

Die heutige Demokratie hält die Freiheit eines Mannes für absolut gar nichts, wenn sie mit eines andern Mannes Eigenthumsrecht in Conflict geräth. Die Republikaner im Gegentheil sind für Beide, den Mann und den Dollar, im Fall eines Conflictes aber geht der Mensch dem Dollar vor.

Ich erinnere mich, einst mit Vergnügen gesehen zu haben, wie zwei betrunkene Leute in Streit geriethen und Jeder, nach einem langen aber harmlosen Kampfe des Anderen Rock in den Händen hielt. Wenn die zwei Hauptparteien des heutigen Tages wirklich dieselben sind, wie zur Zeit Jeffersons und Adams, so ist es ihnen genau so ergangen, wie den beiden trunkenen Leuten.

Wahrhaftig es ist kein Kinderspiel, die Principien Jefferson's vor gänzlichem Untergang in der Nation zu bewahren.

Man würde mit dem größten Vertrauen von ihm sagen, daß er irgend ein vernünftiges Kind von der Richtigkeit der einfachen Sätze des Euclid überzeugen könne, dennoch müßte er an dem Einen scheitern, welches die Definitionen und Grundsätze nicht anerkennen wollte. Die Grundsätze Jefferson's aber, sind die Entscheidungen und Grundsätze der freien Gesellschaft. Und dennoch werden sie mit nicht geringem Erfolge verleugnet und umgangen. Der Eine nennt sie pomphaft „glänzende Allgemeinheiten," ein Anderer „selbstverständliche Lügen" und wieder Andere wollen auf hinterlistige Art beweisen, daß sie nur für „höhere Racen" Geltung haben.

Diese so verschiedenen Ausdrücke laufen in Absicht und Wirkung auf dasselbe hinaus — die Veränderung der Grundsätze einer freien Regierung und die Wiederherstellung der Klassen-Eintheilung, der Kasten und der Legitimität. Sie würden eine Versammlung von gekrönten Häuptern, die Verrath gegen das Volk brüten, entzücken. Sie sind die Avantgarde, die Sapeure und Miner einer zurückkehrenden Despotie. Wir müssen sie zurückschlagen oder wir werden unterjocht werden.

Dieß ist eine Welt der Ausgleichung und wer kein Sklave sein will, muß auch keinen Sklaven halten! Die, welche Andern die Freiheit verweigern, verdienen sie selbst nicht, und können sie vor einem gerechten Gott nicht lange erhalten.

Alle Ehre unserm Jefferson — dem Manne, der bei dem concreten Drucke eines um die nationale Unabhängigkeit ringenden Volkes die Ruhe, Vorsicht und Fähigkeit besaß, in ein einfaches, revolutionäres Dokument eine abstrakte Wahrheit einzufügen, die auf alle Menschen und zu allen Zeiten anwendbar ist, und sie darin so zu verkörpern, daß sie heut wie in alle Zukunft ein Verweis und Stein des Anstoßes, für alle Vorläufer einer wiederkehrenden Tyrannei und Unterdrückung sein wird.

Ihr ergebner Diener   A. Lincoln.

Herren H. L. Pierce und Andern.

---

6. Kapitel.
Die Persönlichkeit Abraham Lincoln's.

Abraham Lincoln ist sechs Fuß und vier Zoll hoch. Sein Körper zeigt äußerlich keine besondere Ausbildung der Muskeln, ist jedoch ausdauernd und zähe. Sein Gang ist eher schleppend als munter und elastisch. Er geht mit etwas vorgeneigtem Kopfe, die Hände auf den Rücken haltend. Sein Gesicht ist charakteristisch und scharf ausgeprägt. Hinter einer ziemlich großen römischen Nase liegen zwei hellgraue Augen, die kein Laster irgend einer Art je getrübt und deren Glanz im belebten Gespräch oder in der Erregtheit der öffentlichen Rede unwiderstehlich ist und uns dann gemahnt, daß wir einem ungewöhnlichen, mit durchbringendem Blick begabten Mann gegenüberstehen. In seinen Gewohnheiten ist Lincoln äußerst einfach und regelmäßig. Er enthält sich des

Genusses berauschender Getränke und bedient sich des Tabaks in
keiner seiner Formen. Man kann in seinem ganzen Leben keine
einzige Ausschweifung auffinden. Er bedient sich niemals profa-
ner Ausdrücke. Er spielt nie. Er ist besonders vorsichtig mit dem
Contrahiren von Schulden oder dem Uebernehmen von Geld-
verpflichtungen. Wenn in Schulden, ist er nie eher zufrieden, als
bis er den letzten Cent bezahlt hat. Er ist Niemandem einen Dollar schuldig. Als Beispiel der scrupulösen Ehrlichkeit des Mannes
diene folgende Geschichte aus seinem früheren Leben:

„Als Lincoln aus dem Black Hawk-Kriege zurückkam, entdeckte
er, daß sein alter Partner sein eigner bester Kunde im Whisky-
geschäft gewesen, und daß er sich fortgemacht, ohne die Schulden
des Geschäfts zu bezahlen. „Da war ich denn“ sagte Lincoln einmal zu einem Freunde, „mit $1,100 Schulden, oder um $1,100
schlimmer daran als zu irgend einer Zeit meines Lebens vorher,
denn ich hatte nicht einen einzigen Dollar, die Schuld damit
zu zahlen. Was ich anfangen sollte, wußte ich nicht. Ich über-
dachte die Sache viele Tage und war in großem Kummer. Hin-
gehen und als gemietheter Arbeiter arbeiten für den gewöhnlichen
Lohn, und $1,100 verdienen, — es schien, als ob ich das n i c h t
f e r t i g b r i n g e n k ö n n t e. Aber ich beschloß zuletzt es zu v e r -
s u c h e n. Ich habe niemals in meinem Leben einen Mann ge-
kannt, der entschlossen war, seine Pflicht zu thun, und dem sich
nicht einige Mittel dazu eröffneten, gleichviel wie unmöglich dem
äußern Anschein nach im Anfange die Erfüllung jener Pflicht erschien.“ Und so war es im Falle des ehrlichen Abe. Als er zufällig auf ein Buch über Feldmesserei gestoßen, bemeisterte er sich
sofort des Inhaltes desselben und begann Feldmesserei als Geschäft zu betreiben, nachdem er mittlerweile nach Springfield seinen Wohnsitz verlegt hatte. Er wurde bald populär und wurde
in die Legislatur gewählt. In vier Jahren hatte er die $1,100
bis auf den letzten Schilling abbezahlt.“

Im Umgang ist Lincoln äußerst leutselig und höflich, ohne jedoch sich irgend etwas zu vergeben. Seine Bewegungen haben
etwas Eckiges, die Folgen seiner hinterwäldlichen Jugend, aber er
ist sich seines inneren Werthes bewußt genug, um deßhalb nie verlegen zu werden. Sobald er mit irgend Jemand in eine Unterhaltung eingetreten ist, und warm geworden, verliert sich das
Förmliche und Eckige seines Wesens, seine Augen blitzen und sein
Mund sprudelt von Humor.

Der Editor des Utica Morning Herald, der Lincoln am 21.
Juni dieses Jahres in Springfield besuchte, schildert die Wohnung
des republikanischen Präsidentschafts-Candidaten und den Eindruck, den derselbe auf ihn gemacht, wie folgt:

„Zehn Stunden einer staubigen Fahrt in einer Sonne, die wie
in den Hundstagen brannte, brachten mich nach Springfield, einer
alltäglichen, sich ausredenden Stadt, die ungefähr zehnmal so viel
Platz einnimmt, als sie sollte, und vorzüglich dadurch merkwürdig

ift, daß sie keinen sichtbaren Geschäfts-Mittelpunkt hat. Nachdem ich vergebens nach einem Hack gesucht, kam ich schließlich zu dem Schluße, daß die ganze Welt hier draußen zu Fuß gehe; und so machte ich mich echt demokratisch zu Fuß auf, den zukünftigen Präsidenten der Ver. Staaten zu besuchen. Ich hatte wenig Schwierigkeit, meinen Bestimmungsort zu finden. Ein bescheiden aussehendes zweistöckiges braunes Framehaus, mit dem Namen „A. Lincoln" auf der Thürplatte, sagte mir, daß meine Pilgerreise ihr Ende erreicht habe. An der Thür trat mir eine Dienerin entgegen, die mich in den Parlor führte und mein Billet dem Mr. Lincoln hinaufbrachte, der sich oben befand. Das Haus war hübsch möblirt, jedoch nicht übermäßig prächtig. Der Platz hatte einen Anstrich von ruhiger Verfeinerung. Man wußte gleich, daß die Dame vom Hause der echte Typus der amerikanischen Lady sei. Auf dem Tische standen Blumen; Gemälde hingen an den Wänden. Die Verzierungen waren wenige, aber geschmackvoll angemessen; Alles war an seiner rechten Stelle und trug das Seinige zum Effekt des Ganzen bei. Unwillkürlich trat mir der Gedanke auf die Lippen; „Was für eine angenehme Heimath (home) hat Abe Lincoln."

Bald hörte ich Fußtritte auf der Treppe und ein langer, pfeilartiger, eckiger Herr mit einer Masse verwirrt auf seinem Kopfe liegenden starken Haares und einem Paar Augen, die zu sagen schienen, „Machen Sie sich ganz bequem;" einer bemerkenswerth breiten und großen Stirne und Armen, die für eine Statue Apollo's etwas zu lang und hager gewesen wären, erschien im Zimmer. Die Lippen zeugten von Charakter, die Nase war stark gebogen, die Backenknochen waren hoch und hervorstehend, und das ganze Gesicht deutete zugleich Güte und Entschlossenheit an. Wenn ruhig, hatte er etwas Starres, aber wenn in Bewegung, war er einer der Beredtesten, die ich je gesehen. Keines der von ihm entworfenen Bilder läßt ihm die geringste Gerechtigkeit widerfahren. Seine Erscheinung hat etwas Befehlendes und sein Benehmen ist im höchsten Grade gewinnend. Nachdem man fünf Minuten in seiner Gesellschaft gewesen, hört man auf zu denken, daß er einfach oder unbeholfen sei. Man erkennt in ihn einen Gentleman von hohem Ton, ohne Anmaßung und von edlem Geiste, der vollständig bewandert ist in den wesentlichen Annehmlichkeiten des gesellschaftlichen Lebens, und dem der untrügliche Zeiger des gesunden Menschenverstandes zur Stütze dient.

Er näherte sich, streckte seine Hand aus, und gab der meinigen einen Druck, wie ihn nur der warmherzige Mann zu geben weiß. Er setzte sich neben mich auf das Sopha und begann von den politischen Angelegenheiten in meinem eigenen Staat mit einer Kenntniß der Einzelnheiten zu sprechen, die mich überraschte.

Ich fragte ihn, ob er seit seiner Nomination seine Berufsgeschäfte fortsetze. Er sagte, er habe am Tage vorher einen Proceß gehabt, aber die an seine Stellung geknüpften Forderungen machten aus ihm nicht den besten Advokaten. Er sprach sehr offen von der Corruption in den höchsten Aemtern. Er sah darin den Hauptschäden unserer amerikanischen Politik, und erklärte, er könne keinen Mann oder Politiker achten, der besteche oder bestochen sei. Er sagt, er freue sich, daß das Volk von Illinois noch nicht die Kunst gelernt habe, käuflich zu sein. Die ganzen Kosten seiner Campagne mit Douglas hätte ein Paar hundert Dollars nicht überstiegen. Ich fragte Mr. Lincoln, ob er viele demokratische Zeitungen sehe. Er sagt, einige seiner Freunde seien so gütig, ihm die schlimmsten zu zeigen. Er urtheilt, die Taktik, die man gegen ihn einzuhalten gedenke, sei die, ihn persönlich lächerlich zu machen. Die „Chicago Times" habe das im Jahre 1858 versucht, und ihm dadurch erstaunlich geholfen. Er sei geneigt zu glauben, daß die gegenwärtigen Bemühungen seiner Feinde von gleich glücklichen Folgen begleitet sein würden.

Der praktische Charakter seines Geistes machte auf mich einen tiefen Eindruck. Kein Mann hat weniger vom Wesen des Visionärs. Er haßt offenbar aus voller Seele „nebelhafte Theorien." Sein Geist faßt stark an und hält das Gefaßte fest. Er hat alle Zeichen eines Geistes, der scharf hinblickt und gründlich untersucht, nach Ueberlegung zu Schlüssen kommt und an Schlüssen unbeugsam festhält. Er scheint mir wirklich mit der Fähigkeit begabt, seinen Ueberzeugungen des Rechten getreu zu bleiben im Angesicht von Schwierigkeiten und entmuthigenden Umständen. Ich glaube mich nicht zu irren, wenn ich vorhersage, daß er sich als ebenso fest ausweisen wird, als er anerkannter Maßen ehrlich ist. Ein weiterer Charakterzug, der auf mich Eindruck gemacht, ist seine eminente Wahrheitsliebe und Aufrichtigkeit. Ich glaube, daß keine Gewalt der Welt Mr. Lincoln dazu bringen könnte, eine gemeine Handlung zu begehen. Ich bin sicher, daß er lieber im Recht als Präsident sein möchte. Man fühlt, wenn man mit ihm spricht, daß seine Worte aus seinen Herzen kommen.

Ich hörte nur einen Ausbruck ungetheilten Lobes des Mr. Lincolns unter seinen Nachbarn. Kein lebender Mann genießt einer höheren Achtung und ist inniger von denen geliebt, die ihn am besten kennen. Alle Parteien und Interessen vereinigen sich im Lobe seiner Privattugenden. Ueberall hörte ich von ihm sprechen als dem besten der Gatten, dem gütigsten der Väter, dem untadelhaftesten der Bürger."

Wir möchten außer den zur Erläuterung der Eigenschaften Lincoln's angegebenen Punkten noch das Kennzeichen jedes bedeutenden und ungewöhnlichen Mannes hinzufügen, eine nie rastende Lernbegier. Die vorgebeugte Haltung des Kopfes ist ein Symbol sowohl dieses Wissensdurstes, der sich nichts entgehen läßt, weder von den Lippen des Freundes noch des Feindes, als von der gefährlichen, lauschenden Aufmerksamkeit, welche die Schwächen des Gegners gleichsam im Fluge erhascht. Der Humor bildet ein wichtiges Grundelement in der Mischung des Charakters von Lincoln. Sein

Witz ist gesund und originell und unterstützt von dem Mienenspiel seines Gesichtes ebenso gefährlich für seinen Gegner, wie unwiderstehlich für die Masse.

Die Wege, auf welchen Lincoln zu der hohen geistigen Ausbildung gelangte, die er inne hält, sind interessant und die Bücher, welche die einzelnen Merksteine seiner Entwicklung bezeichnen, sind theilweise dieselben, welche den meisten großen modernen Männern als Stahl zum Herausschlagen ihrer geistigen Flammen gedient haben. Nach Dilworth's Lautirfibel war das erste Buch, das Lincoln studirte, die Bibel. Dann kamen die Fabeln Aesop's, die er mit großem Eifer wieder las und theilweise ganz seinem Gedächtniß einprägte. Dann erlangte er ein Exemplar von Bunyan's Pilgrim's Progreß, diese wunderbar gelungene Allegorie der Reise eines Christen durch's Leben. Dann folgte das Leben Franklins, Weem's Washington und Riley's Erzählungen. Die Lebensbeschreibungen der ersten beiden las der Knabe mit besonderem Eifer. Im Alter von 14 Jahren lieh er sich Ramey's Leben Washingtons, welches eine vollständigere Beschreibung der Revolution enthielt, als das früher erwähnte Buch. Nicht lange nachher begann er das Studium der Lebensbeschreibungen großer Männer des Alterthums, welche Plutarch in so glänzendem Styl zur Nachahmung aller feurigen Jünglinge geschrieben.

Wir sind am Schluß unserer Aufgabe angelangt. Wir haben Lincoln aus dem Dunkel des Hinterwaldes durch die Leiden der Dürftigkeit, durch die kurze Frist des Schulunterrichts bis zu der hohen Stufe nationalen Ruhmes hinauf begleitet, die er jetzt anerkannter Maßen einnimmt. Er ist in jeder Beziehung aus dem Volke hervorgegangen und dem Volke treu geblieben. Er ist ein glänzendes Beispiel, was Talent und Energie in den freien Staaten aus dem Kinde der ungünstigsten Verhältnisse machen können. Er steht vor dem Volke als die unerbetene Wahl desselben.

Am Montage vor der Ernennung adressirte einer von Lincoln's vertrautesten Freunden eine Note an denselben, worin er ihm sagte, daß seine Aussichten sich besserten, daß es aber im letzten Augenblicke nöthig sein möchte, hin und wieder ein Wort zu sagen, um die Unterstützung gewisser Interessen zu sichern; und der Schreiber der Note wünschte, daß er und zwei andere Freunde, welche er benannte, bevollmächtigt werden möchten zu unterhandeln, wenn Unterhandlungen nöthig werden sollten. — Wir saben Herrn Lincoln's Antwort. Sie ist eines Washington würdig. Er sagt: „Nein, meine Herren, ich habe die Ernennung nicht gesucht und will sie nun nicht durch Verpflichtungen erkaufen. Wenn ich ernennt und erwählt werde, so werde ich die Präsidentschaft nicht annehmen als das Werkzeug dieses oder jenes Mannes, oder als das Eigenthum irgend einer Faktion oder Clique."

Aber die republikanischen Delegaten hielten an dem Manne fest, dessen ganzes Leben ein unausgesetzter Beweis davon gewesen, daß er jeder Lage, in die ihn das Schicksal geworfen, sich vollkommen gewachsen gezeigt hatte.

Wie er mit einer einzigen Rede 1834 in Springfeld mit einem Male den geübtesten und ältesten Rednern des Districts sich ebenbürtig an die Seite setzte, so fanden ihn alle späteren Anforderungen gewappnet und seine Fähigkeiten schienen in demselben Grade zu wachsen, je härter sie auf die Probe gestellt wurden.

Das Volk hat den Namen Lincoln's an die Spitze des republikanischen Tickets gestellt und es wird „in diesem Zeichen siegen." Lincoln wird in der höchsten Stellung in den Ver. Staaten dieselbe Energie, Treue, Ehrlichkeit und Fähigkeit entwickeln, die seine bisherigen Erfolge zu Wege gebracht haben; er bietet in höherem Grade als irgend einer seiner Mitbewerber Bürgschaft für treue Ausführung der republikanischen Principien und für eine ehrliche und sparsame Verwaltung. In ihm hat, so glauben und vertrauen wir, die Situation ihren Meister und die republikanische Partei den Mann gefunden, der sie vor der einzigen wirklichen Gefahr retten wird, die ihr nach dem Siege droht, vor ihr selbst. Lincoln wird das Zeitalter der Corruption schließen und mit den Grundsätzen der Väter der Republik ihre Maximen einer ehrlichen und sparsamen Verwaltung an den Sitz der Regierung zu Washington zugleich zurückführen.

Abe Lincoln.

Macht fertig Euch zur Salzflußfahrt,
Ihr Herren Demokraten,
Nicht Douglas kann Euch retten mehr,
Nicht irische Kroaten.

Der Lincoln, der als Schiffermann
Gerudert hat vor Jahren,
Wird Steuermann der Union,
Die Ihr zu Grund gefahren.

Ihr müsset jetzt den bittern Kelch
Bis auf die Neige trinken,
Man wird zur Präsidentenwahl
Euch mit dem Ja und fahl winken.

Der Bannerträger, der uns führet,
Ist Bauer auch gewesen,
Und der versteht auf's Dreschen sich
Und macht nicht Federlesen.

Der Holz gespalten, kann gewiß
Gut umgeh'n mit dem Beile:
Er setzt auf demokrat'sche Klöß'
Republikan'sche Keile.

Er ist ein Mann, wie ihn erzeugt
Der große, freie Westen,
Ein Mann des Volkes ganz und gar,
Und einer unsrer Besten.

Hat lang' auf der Prairie gelebt,
In einer Farmerklause,
Wir geben eine Wohnung ihm
In einem weißen Hause.

Wir wollen für „Honest Old Abe"
Es auf vier Jahre renten,
Er kriegt ein stattlich Haus, das Volk:
Den besten Präsidenten.

4

Skizze des Lebens von Hannibal Hamlin.

Um den Charakter des republikanischen Candidaten für die Vice-Präsidentschaft besser würdigen zu können, muß man sich der Eigenthümlichkeiten und Vorzüge des Volkes erinnern, dem er entsprang.

Der Staat Maine ist ein Staat, dessen Clima und Bodenbeschaffenheit der Art, daß die Bevölkerung zu einer unaufhörlichen Thätigkeit gezwungen ist, und Reichthum nur der Arbeit Preis bildet. Eine harte und abgehärtete Klasse von Menschen sind die von Maine, sei es, daß sie im Fischfang und Schifffahrt, oder als Fichtenholzfäller und Flößer ihre Existenz erhalten oder mit dem magern Boden um die Ernbte ringen. Durch die Ausdehnung seiner Schifffahrt und durch die zahlreichen Handelsbeziehungen hat Maine sich frei gemacht von jener Ausschließlichkeit und jenen lokalen Vorurtheilen, die den von der großen Welt Abgesonderten charakterisiren, und es gibt keinen Staat, der der Union als der Quelle des nationalen und commerciellen Gedeihens mehr zugethan und zugleich von der Würde und dem Werthe der freien Arbeit mehr durchdrungen wäre, als eben Maine. Unter diesem Volke wurde Hannibal Hamlin am 27. August 1809 in Paris geboren, in demselben Jahre mit Abraham Lincoln. Hamlin's Vorfahren gehörten zu den Patrioten, welche im Unabhängigkeitskriege zum Schwerte griffen. Sein Großvater, der in Massachusetts wohnte, commandirte damals eine Compagnie von Büchsenschützen, darunter fünf seiner Söhne. Einer derselben machte den ganzen Krieg durch und gehörte zur Gesellschaft der Cincinnati.

Hannibal Hamlin's Vater war Cyrus Hamlin, seine Mutter, Anna Livermore. Cyrus Hamlin, ein Arzt, siedelte von Massachusetts zuerst nach Livermore über, baute dort ein Haus, in welchem die drei Brüder Washburne, die jetzt Maine, Illinois und Wisconsin im Hause der Repräsentanten vertreten, geboren wurden, ging nach Paris, als aus Cumberland County ein neues County, Orford, gebildet war, da man ihn zum Clerk der County Court erwählt hatte. In demselben County diente er mehrere Jahre als Sheriff. Er starb im Jahr 1828, im Alter von 58 Jahren, allgemein geachtet wegen seiner Rechtlichkeit, seines Wohlwollens und seines christlichen Charakters.

Hannibal war der jüngste seiner 7 Söhne. Der Vater wollte ihm eine höhere Erziehung geben und ihn einem gelehrten Beruf widmen. Er besuchte daher früh die Schulen in Paris und die Akademie in dem nicht weit entfernten Hebron. Als er etwa 15 bis 16 Jahre alt sich auf das College begeben wollte, unterbrach die Kränklichkeit seines Bruders Cyrus seine Studien. Es ist die Sitte in Maine, daß wenigstens ein Sohn auf der elterlichen Farm zurückbleibt.

Da nun Cyrus seiner Schwächlichkeit halber sich dem ärztlichen

Stande zu widmen beschloß, mußte Hannibal nach Hause kommen und 2 Jahre lang arbeitete er mit der Beständigkeit eines Mannes auf der väterlichen Farm. Dann begann er das Studium des Rechtes, da sein Vater selbst ihn dazu anregte, und ihn versicherte, daß man seinen Beistand auf der Farm werde entbehren können. In der Office seines ältern Bruders Elijah studirte er das Recht, bis der Tod seines Vaters ihn abermals auf die Farm zurückrief. Das einzige Eigenthum, das sein Vater der Mutter hinterließ, war die Farm und Sohnespflicht ließ ihm keine andere Wahl als die Leitung der Farm zu übernehmen. Zwei Jahre lang arbeitete er unermüdlich. Diese Gewohnheit der Arbeit war jedoch insofern ein Glück, als sie den Charakter Hamlin's zu jener Energie des Willens entwickelte, die ihn im öffentlichen Leben später auszeichnete. Er betrieb daneben mit Eifer seine geistige Ausbildung. Seines Vaters Bibliothek und die „Lesevereine", ein charakteristisches Institut Maine's, lieferten dazu das Material.

Um ein Beispiel zu geben, in welcher Weise die jungen Leute New-England's praktisch abgehärtet werden, genüge Folgendes:

Als Hannibal eben 19 Jahr alt war, kaufte sein Vater eine Landstrecke am Dead River für Lumberzwecke, und da er selbst die Vermessung im Herbst nicht vollenden konnte, betraute er seinen Sohn mit der Ausführung. Das Land war etwa 12 Meilen von jeder menschlichen Wohnung entfernt und mit Urwald bedeckt. Am letzten März nahm der junge Mann seine Meßinstrumente und brach auf Schneeschuhen nach dem Walde auf, mit einer Partie Arbeiter, wobei er seine Provisionen in einem Sack auf der Schulter trug. Ueber einen Monat blieb er in den Wäldern, schlief da, wo ihn die Nacht überraschte, oft in den Schluchten der Gebirge auf dem Schnee, der 7 Fuß hoch unter ihm lag.

Im Frühjahr 1830 kaufte Hannibal mit Horatio King zusammen, dem jetzigen ersten Generalpostmeister-Assistenten eine demokratische Zeitung, den Jeffersonian, in Paris, auf Credit. Hamlin schrieb nicht nur die Artikel, sondern setzte sie auch selbst. Diese editorielle Carrière gab seinen politischen Ansichten jene Bestimmtheit, zu der sich der Redacteur, der unter dem Auge der öffentlichen Kritik schreibt, fast nothwendig zuspitzt.

Im Herbst 1830 verkaufte Hamlin seinen Antheil an der Zeitung an seinen Partner und begann von Neuem das Rechtsstudium in der Office von Joseph G. Cob, von Paris, später in einer Office zu Portland von Fessenden, Deblois u. Fessenden (jetzt der Collège Hamlin's im Ver. Staaten Senat.)

1833 wurde Hamlin als Advokat zugelassen und gewann an demselben Tage einen Prozeß.

Er siedelte nach Hampden über, eine Stadt von 4000 Einwohnern und gewann sofort eine große Praxis. Außer seinen Plaidoyers vor den Gerichten hielt er Vorträge vor Lyceen und politischen Versammlungen. Er setzte seine Advokaturgeschäfte bis zur

4*

Zeit seiner zweiten Erwählung in den Ver. Staaten Senat 1851 fort und gab sie dann ganz auf.

Seine Talente zogen früh schon die Aufmerksamkeit der herrschenden demokratischen Partei auf sich und er diente 1836—1840 in der Staatslegislatur. Er wurde ein Führer der Partei, und war Sprecher des Hauses 1837, 1839 und 1840.

1840, zur Zeit als Harrison die Demokratie fast auslöschte, war Hamlin demokratischer Congreß-Candidat und wurde mit weniger als 200 Stimmen geschlagen.

1843 wurde er gegen seinen früheren Gegner wieder in's Feld gestellt und diesmal mit 1000 Stimmen Majorität erwählt. Er stimmte im Congreß gegen die Annexion von Texas, unbekümmert um Parteibande und handelte schon damals nach dem Cardinalprincip der republikanischen Partei: „Widerstand gegen die Ausdehnung der Sklaverei."

1848 wurde Hamlin in den Ver. Staaten Senat geschickt. Er stimmte und sprach gegen das bekannte Clayton-Compromiß, welches Oregon der Sklaverei öffnen wollte. Er hielt die erste Rede im Senat über die Zulassung von Californien. In derselben Sitzung hielt er eine Rede für Abschaffung der Peitschenstrafe in der Marine.

Als Vorsitzer des Handels-Comité, ein Posten, den er bis 1856 bekleidete, wo er ihn niederlegte, war er äußerst thätig für die Interessen der Schifffahrt, des Handels und der inneren Verbesserungen.

1851 wurde er trotz der Opposition der Proslaverei-Demokraten auf 6 Jahre in den Senat gewählt.

Nach Abhaltung der Cincinnati Convention erklärte Hamlin in einer charakteristischen Rede im Senat am 12. Juni 1856 seinen Austritt aus der demokratischen Partei, die ihre Principien verlassen.

Im Juni 1856 stellte ihn die republikanische Partei von Maine als Gouverneurs-Candidaten auf. Er führte den Kampf persönlich und hielt gegen 100 Reden in den verschiedenen Counties. Im September wurde er mit einer Majorität von etwa 18,000 über seine beiden Concurrenten erwählt, ein Sieg, der nicht wenig zu der Elektrisirung der Fremonter beitrug.

Am 7. Januar 1857 legte er seine Stelle als Ver. St. Senator nieder und wurde an demselben Tage als Gouverneur von Maine eingeführt.

Am 16. Januar wählte man ihn zum dritten Mal zum Ver. Staaten Senator. Am 20. Februar legte er seine Stelle als Gouverneur nieder und nahm seinen Sitz im Ver. Staaten Senat wieder ein.

Am 9. und 10. März 1858 hielt er im Senat eine längere Rede über die Lecompton-Constitution und wies in scharfer und beredter Sprache die Angriffe zurück, welche der Sklaverei-Magnat Hammond von Süd-Carolina auf die freien Arbeiter des Nordens

geschleubert, die er als Dreckfinken und Schmutzschwellen des gesellschaftlichen Gebäudes bezeichnet hatte.

Hamlin's Ansichten über die Sklavereifrage waren stets dieselben. Er stimmte in der ersten Sitzung seiner Carriere im Congreß gegen die 21ste Ordnungsregel, welche die Annahme von Aboli-
tionistenpetitionen verbat, er stimmte gegen die Annexion von Texas, er brachte zuerst das berühmte Amendment ein, das unter dem Namen des „Wilmot Proviso" bekannt ist und dessen Zweck war, die Sklaverei in den Gebieten der Ver. Staaten zu verbieten. Der Antrag ging im Hause mit 115 gegen 106 Stimmen durch. Dafür stimmte mit Hannibal Hamlin, dem Demokraten, der talent-
volle Whig, Abraham Lincoln, von Illinois.

Hamlin war schon früh ein Freund eines Graduationssystems im Preise der öffentlichen Ländereien, im Interesse der wirklichen Ansiedler. In den letzten Jahren ist er ein entschiedener Vertheidiger der Heimstättebill gewesen.

Er war ferner für Landbewilligung für Ackerbauschulen und für Land zum Besten bedürftiger Irren.

Obgleich er mit seiner Partei 1846 für den Freihandelstarif stimmte, stand er jedoch nie an, seine persönliche Vorliebe für ein System specifischer Zölle auszudrücken. Was seine Thätigkeit im Congreß besonders auszeichnet, ist seine merkwürdige Arbeitsam-
keit. Alle Parteien in Maine bedienten sich seiner unermüdlichen Thätigkeit, er ließ keinen Brief unbeantwortet und galt als eines der fleißigsten Mitglieder in den Comitteen des Hauses und des Senats. Durch seine Veranlassung wurde unter Anderem die Codification der Zollgesetze zu Stande gebracht, durch seine Bemühungen wurden die Geldbewilligungen für den Bau der ver-
schiedenen Zollhäuser durchgesetzt, die innerhalb der letzten zehn Jahre gebaut sind.

Hamlin's Ernennung für die Vicepräsidentschaft durch die republikanische Partei am 18. Mai 1860 war für ihn ein durch-
aus unerwartetes Ereigniß. Als warmer Freund des Gouverneur Seward und dessen Nomination für die Präsidentschaft erwartend, hatte er natürlich nicht daran gedacht, daß sein eigner Name vor die republikanische National-Convention kommen würde. Die Einstimmigkeit, mit der seine Nomination geschah, ist Beweis genug für die Anerkennung, deren Hamlin sich in der Nation erfreut. Sein Name mit dem Lincoln's vereinigt, bildet eine Zierde und Verstärkung des republikanischen Tickets.

Hamlin ist etwa 6 Fuß hoch. Seine athletische und kräf-
tige Figur deutet auf große körperliche Energie und Ausdauer. Seine Gesichtsfarbe ist dunkel, seine Augen von einer durchdrin-
genden Schwärze. Seine Stimme ist klar, stark und melodisch, sein Vortrag rasch, energisch und in hohem Grade wirksam. Er spricht frei, stets ohne Verlegenheit und trifft den Nagel stets auf den Kopf. Er haßt das bloße Haschen nach Effekt. Er hat zu

einer größern Zahl von Versammlungen ohne Zweifel gesprochen, als irgend ein anderer Mann seines Staates.

Nach der Maine-Wahl im September 1856, deren erstaunliches Resultat wir bereits erwähnt, verbrachte er einen Monat in New-York und Pennsylvanien und sprach fast täglich.

Das Benehmen Hamlin's, obgleich würdig und geziemend, enthält die Elemente republikanischer Einfachheit. Ebenso einfach ist seine Lebensweise in Washington und auf seiner kleinen Farm am Penobscot Fluß, wo er jeden Sommer der Landwirthschaft seine Kräfte widmet mit der ganzen Regelmäßigkeit und Energie seiner jüngeren Jahre.

Sein sittlicher Charakter steht vollkommen rein da, und in seinen häuslichen Verhältnissen ist er glücklich und geliebt. Ein besonderer Zug seines Charakters ist die Treue gegen seine Freunde. Er vergißt nie eine Gefälligkeit oder Gunstbezeugung, wie unbedeutend sie auch sein mag. Die vielen Ehrenstellen, zu denen man ihn erhoben, betrachtet er nicht so sehr als einen Tribut, den man seinem persönlichen Werthe zollt, sondern als persönliche Begünstigungen, die persönliche Dankbarkeit verlangen. Dieser Zug dankbaren Anerkennens hat Hamlin nicht nur populär gemacht, sondern ihm, wie keinem anderen öffentlichen Manne in seinem Staat die Liebe des Volks verschafft. Er steht jetzt in der Kraft seines Mannesalters, wie Abraham Lincoln und Beide haben eine große Carriere vor sich, welche das Volk der Ver. Staaten ihnen im November anweisen wird.

Wir lassen zum Schluß den glücklich gefaßten und angemessenen Brief folgen, in welchem Hamlin die republikanische Nomination für die Vicepräsidentschaft der Ver. Staaten annimmt:

Washington, 30. Mai 1860.

Meine Herren! Ihre officielle Mittheilung vom 18. d. M., welche mir anzeigt, daß die an jenem Tag in Chicago versammelten Repräsentanten der republikanischen Partei einmüthig mich zum Candidaten für das Amt eines Vicepräsidenten der Vereinigten Staaten gewählt, habe ich erhalten, sammt den Beschlüssen, in welchen die Convention ihre Principien darlegte. Diese Beschlüsse sprechen klar und kräftig die uns vereinigenden Principien und die zur Erreichung vorliegenden Zwecke aus. Sie sprechen zu Allen und es ist weder nothwendig noch am Platze sie hier zu discutiren. Ich billige sie aus Ueberzeugung und werde sie durch jede meiner Handlungen treu und von Herzen zu verfechten suchen. Ich statte Jenen, deren politisches Wirken ich mit Stolz und Freude theile, meinen tiefgefühlten Dank für die mir so unerwartet geworbene Nomination aus, und bitte Sie, den Mitgliedern der Convention meinen aufrichtigen Dank für das in mich gesetzte Vertrauen mitzutheilen. Sollte die Nomination, welche ich hiemit annehme, von dem Volke ratificirt werden, und mir die Pflicht zufallen im Senat der Ver. Staaten zu präsidiren, so soll es mein ernstes Bestreben sein diese Pflicht getreulich, mit gerechter Berücksichtigung der Rechte Aller, zu erfüllen. Es muß im Auge behalten werden, daß in Verbindung mit der Thätigkeit der republikanischen Convention es ein Hauptziel für uns ist, die normale Bestimmung unserer Territorien aufrecht zu erhalten, das ist, sie zu Heimstätten freier Männer zu machen. Der fähige Anwalt und Vertheidiger republikanischer Principien, den Sie für die höchste Stelle nominirten, welche den menschlichen Ehrgeiz befriedigen kann, kommt aus einem Staate, der das, was er ist, durch die specielle Fürsorge geworden, welche in dieser Beziehung von weisen und guten Männern, die unsere Institutionen gründeten, getroffen wurde. Dort sind die Rechte der freien Arbeit verfochten und aufrechterhalten worden. Das Gedeihen und der Unternehmungsgeist, welche Illinois als einen der blühendsten Staaten des ruhmreichen Westens auszeichnen, möchten wir allen Territorien der Union und dem ganzen Lande Frieden und Harmonie sichern, indem wir die Regierung wieder auf die Stellung zurückführen, welche sie unter ihren weisen und patriotischen Gründern einnahm. Gelingt es den Republikanern, dieses Ziel zu erreichen, wie sie hoffen, so werden sie sich ein dankbares Angedenken in den Herzen von thätigen und fleißigen Millionen der künftigen Zeiten stiften.

Ich verbleibe ꝛc.　　　　　H. Hamlin.

Reden von Abraham Lincoln.

Aus der Rede des ehrenwerthen Abraham Lincoln, in Erwiderung
auf Stephen A. Douglas.

Gehalten in Chicago, am Samstag, den 10. Juli 1858.

Neger-Gleichheit.

Noch Eins. Gestern Abend quälte sich Judge Douglas mit
Schrecken über meine Neigung, Neger mit weißen Leuten vollkommen in socialer und politischer Hinsicht gleich zu machen. Er hielt
sich nicht damit auf, nachzuweisen, daß ich irgend Etwas der Art
gesagt, oder daß es in gehöriger Weise aus irgend Etwas folge,
was ich gesagt, sondern er stürzt mit seinen Behauptungen hervor.
Ich hänge der Unabhängigkeits-Erklärung an. Wenn Judge
Douglas und seine Freunde dabei nicht stehen wollen, mögen sie
herkommen und sie abändern. Mögen sie sie dahin verbessern, daß
alle Menschen gleich geschaffen sind, mit Ausnahme der Neger.
Man entscheide, ob die Unabhängigkeits-Erklärung, in diesem Jahre des Heils 1858 in solcher Weise abgeändert werden
soll.
In seiner Auslegung der Unabhängigkeits-Erklärung im vori-
gen Jahre, sagte er, sie bedeute nur, daß Amerikaner in Amerika
den Engländern in England gleich seien. Als ich ihm darauf
zeigte, daß nach dieser Annahme er die Deutschen, die Irländer, die
Engländer und Schotten, die Skandinavier und alle anderen Leute
ausschlösse, die seit der Revolution unter uns sich niederließen, bringt
er eine neue Auslegung: er erklärt nun in seiner Rede, es seien
Europäer gemeint.
Ich dränge ihn noch etwas weiter, und frage, ob sie die Russen
in Asien einzuschließen beabsichtigte? oder gedenkt er jene große
Bevölkerung von den Principien unserer Unabhängigkeits-Erklärung auszuschließen? Ich denke, er wird binnen Kurzem ein neues
Amendment zu seiner Definition einbringen. Er ist durchaus nicht
eigen. Er ist mit Allem zufrieden, was der Nationalisirung der
Negersklaverei keine Gefahr droht. Sie mag immerhin weiße
Leute erniedrigen, aber nicht Neger in die Höhe heben. Wer
soll sagen „Ich bin der Höhere und Ihr seid der Niedrigere?"
Meine Erklärungen über diesen Gegenstand der Negersklaverei
können falsch dargestellt, aber nicht falsch verstanden werden. Ich
habe gesagt, daß ich nicht glaube, daß die Unabhängigkeits-Erklärung meint, alle Menschen seien in jeder Hinsicht gleich erschaffen.
Sie sind nicht unseres Gleichen in Farbe; aber ich denke, daß sie
zu erklären beabsichtigt, daß alle Menschen in einigen Hinsichten
gleich sind; sie sind gleich in ihrem Recht auf „Leben, Freiheit und
Streben nach Glückseligkeit." Sicherlich ist der Neger nicht unseres Gleichen in Farbe, vielleicht nicht in mancher anderer Hinsicht;

doch in dem Recht, das Brod, das seine eigenen Hände verdienen, in den Mund zu stecken, darin ist er jedem andern Manne, weiß, roth oder schwarz, gleich. Indem Ihr darauf hinweist, daß Euch mehr gegeben ist, könnt Ihr damit es nicht rechtfertigen, das Wenige fortzunehmen, das ihm gegeben ist. Alles, was ich für den Neger verlange ist, daß, wenn Ihr ihn nicht leiden könnt, Ihr ihn in Ruhe laßt. Wenn Gott ihm nur wenig gegeben hat, laßt ihn das Wenige in Frieden genießen.

Als unsere Regierung gegründet wurde, hatten wir das Institut der Sklaverei unter uns. Wir waren gewissermaßen gezwungen, seine Existenz zu dulden. Es war eine Art Nothwendigkeit. Wir hatten unsern Kampf durchgemacht und unsere eigene Unabhängigkeit gesichert. Die Gründer der Constitution fanden das Institut der Sklaverei unter ihren andern Institutionen jener Zeit. Sie fanden, daß, falls sie versuchten, sie auszurotten, sie viel von dem verlieren könnten, was sie bereits gewonnen hatten. Sie waren gezwungen, sich der Nothwendigkeit zu beugen. Sie gaben dem Congreß die Macht, den Sklavenhandel am Ende von zwanzig Jahren abzuschaffen. Ebenso verboten sie Sklaverei in denjenigen Gebieten, in welchen sie nicht existirte. Sie thaten, was sie konnten und wichen im Uebrigen der Nothwendigkeit. Ich gebe gleichfalls Allem nach, was aus jener Nothwendigkeit folgt. Was ich am meisten wünschen würde, ist die Trennung der weißen und schwarzen Race.

Wir wurden oft im Lauf der Rede des Judge Douglas gestern Abend daran erinnert, daß diese Regierung für weiße Leute gemacht sei. Gut, das heißt die Sache in eine Form bringen, in der Niemand sie in Abrede zu stellen wünscht, aber der Judge überläßt sich dann seiner Leidenschaft, Schlüsse zu ziehen, zu denen er kein Recht hat. Ich protestire ein für allemal gegen diese falsche Logik, die präsumirt, daß, weil ich ein Negerweib nicht zur Sklavin haben will, ich sie nothwendiger Weise zur Frau zu haben wünsche. (Gelächter und Beifall.)

Ich verstehe, daß ich sie zu Keinem von Beiden zu haben brauche, sondern wie Gott uns auseinander stellte, können wir einander lassen und uns gegenseitig dadurch viel Gutes thun. Es gibt weiße Männer genug, um alle weiße Frauen zu heirathen, und genug schwarze Männer, um alle schwarzen Frauen zu heirathen, und lassen wir sie in Gottes Namen sich so verheirathen. Der Judge tischt uns die schrecklichsten Folgen auf, welche bei Racen-Mischungen statt finden; daß die niedrigere Race die höhere herunterbringe. Nun, Judge, wenn wir sie in den Territorien nicht zusammen lassen kommen, werden sie sich dort nicht vermischen. (Ungeheurer Applaus.)

Ich sollte denken, daß dieß wenigstens eine an sich klare Wahrheit sei.

Grundsätze der Unabhängigkeits-Erklärung.

Es trifft sich, daß wir einmal in jedem Jahre am 4. Juli aus einem oder anderm Grunde uns versammeln. Diese 4. Juli-Versammlungen haben ihren Nutzen. Wenn Sie mir Nachsicht schenken, will ich Einiges davon angeben.

Wir sind jetzt eine mächtige Nation, wir sind 30 oder gegen 30 Millionen stark, und wir besitzen und bewohnen etwa den fünfzehnten Theil des festen Landes der ganzen Erde. Unsere Erinnerung auf den Blättern der Geschichte reicht etwa 82 Jahre zurück und wir finden, daß wir damals ein sehr kleines Volk an Zahl waren, ungeheuer dem untergeordnet, was wir jetzt sind, mit einer bei Weitem geringeren Ausdehnung des Gebiets — mit bei Weitem weniger von alle Dem, was wir unter den Menschen für wünschenswerth halten. Wir betrachten diese Aenderung als außerordentlich vortheilhaft für uns und unsere Nachkommen, und wir betrachten Etwas, das vor Langem sich zutrug, als in einer oder andern Weise mit diesem steigenden Gedeihen in Verbindung stehend. Wir finden in jener Zeit ein Geschlecht von Leuten, die wir unsere Väter und Großväter nennen. Es waren Eisenmänner. Sie fochten für das Princip, wegen dessen man sie bekämpfte, und wir sind der Ansicht, daß durch das, was sie damals thaten, der Grad von Gedeihen, den wir jetzt genießen, auf uns gekommen ist. Wir halten diese jährliche Feier, um uns zu erinnern an all' das Gute, das im Laufe der Zeiten geschehen ist, wie und durch wen es geschehen ist; und wie wir geschichtlich damit verknüpft sind; und wir gehen zufriedener mit uns selbst aus diesen Versammlungen fort, — wir fühlen uns mehr mit einander verbunden und fester an das Land geknüpft, das wir bewohnen. In jeder Beziehung sind wir durch diese Feier bessere Menschen in diesem Zeitalter, dieser Race und diesem Lande. Aber nachdem wir dieß Alles gethan haben, haben wir nicht das Ganze erreicht. Es ist noch etwas Anderes damit verknüpft. Wir haben außer diesen Männern — die leiblich von unsern Vorfahren abstammen — vielleicht die Hälfte unserer Bevölkerung, die nicht von all' diesen Männern abstammt, Männer, die von Europa gekommen sind, Deutsche, Irländer, Franzosen und Skandinavier — Leute, die entweder selbst, oder deren Vorfahren von Europa kamen, die sich hier niederließen und sich in allen Dingen uns gleich finden. Wenn sie durch diese Geschichte nach ihrer leiblichen Verbindung mit jenen Tagen suchen, so finden sie keine; sie können sich nicht in jene glorreiche Epoche zurücktragen und fühlen, daß sie ein Theil von uns sind, aber wenn sie durch jene alte Unabhängigkeits-Erklärung blicken, finden sie, daß jene alten Männer erklären, „Wir halten diese Wahrheiten für unbestreitbar, daß alle Menschen gleich geschaffen sind" und dann fühlen sie, daß jenes moralische Gefühl, das in jener Zeit gelehrt wurde, ihre Verwandtschaft mit jenen Männern nachweist, daß es der Vater jedes moralischen Grundsatzes in ihnen ist, und daß sie ein Recht haben, es zu beanspruchen, als ob sie Blut von dem Blut und Fleisch von dem Fleisch der Männer wären, welche jene Erklärung schrieben — (Lauter und lang anhaltender Beifall) — und so sind sie es. Das ist das elektrische Band in jener Erklärung, das die Herzen politischer und Freiheit liebender Männer verbindet, das diese patriotischen Herzen so lange verbinden wird, als die Liebe der Freiheit in den Seelen der Menschen in der Welt lebt.

Nun, meine Herren, um die Dinge mit der Idee „Ich kümmere mich nicht darum, ob für oder gegen Sklaverei gestimmt wird," in Uebereinstimmung zu bringen, um die Dred Scott-Entscheidung zu stützen, und die Ansicht, daß die Unabhängigkeits Erklärung durchaus gar nichts bedeute, hat Douglas uns seine Auseinandersetzung gegeben, was die Unabhängigkeits-Erklärung bedeute, und er hat uns gesagt, daß das Volk von Amerika dem Volke Englands gleich sei. Nach seiner Auslegung seid Ihr Ausländer nicht damit verknüpft. Nun frage ich ganz nüchtern, ob alle diese Dinge, wenn man sie gehen läßt, ratificirt, bekräftigt und indossirt, wenn sie unsern Kindern gelehrt und ihnen wiederholt werden, nicht eine Tendenz haben, den Sinn der Freiheit im Lande auszutilgen, und diese Regierung in eine Regierung von irgend einer andern Form zu verwandeln? Diese Argumente, die man vorbringt, daß der niedrigen Race so viel Zugeständnisse gewährt werden sollen, als sie zu genießen im Stande ist; daß so viel für sie geschehen muß, als ihre Lage zuläßt, sind diese Argumente nicht die Beweise, welche die Könige vorgebracht haben, wenn sie das Volk zum Sklaven machten, in jedem Zeitalter? Alle Beweise für das Königthum, sind dieser Art; sie ritten stets am Besten auf dem Halse des Volks, nicht, daß sie dieß wünschten, sondern weil das Volk sich mit dem Reiter besser befände. Dieses Argument des Judge ist dieselbe alte Schlange, welche spricht: „Ihr arbeitet und ich esse, ihr habt die Mühe und ich will die Früchte davon genießen." Wendet es wie Ihr wollt, — ob es aus dem Munde eines Königs kommt, als Entschuldigung für die Unterjochung des Volks seines Landes, oder aus dem Munde von Leuten einer Race, als Grund für die Versklavung der Leute einer andern Race, es ist stets dieselbe alte Schlange, und ich bin der Ansicht, wenn man diese Art des Argumentirens, das da eingeschlagen wird, gelten läßt, um die öffentliche Meinung zu überzeugen, daß sie sich darum nicht kümmern solle, so wird es bei dem Neger nicht sein Bewenden haben. Ich möchte gerne wissen, wenn man Ausnahmen von dieser alten Unabhängigkeits-Erklärung zuläßt, die erklärt, daß alle Menschen gleich sind aus Princip, wo man aufhören will. Wenn Einer sagt, er meine keinen Neger damit, warum kann denn ein Anderer nicht sagen, es sei kein Deutscher damit gemeint? Wenn jene Erklärung nicht die Wahrheit ist, laßt uns das Gesetzbuch nehmen und sie herausreißen! Wer wagt es zu thun? Wenn sie nicht wahr ist, reißen wir sie heraus! (Ruf:

Nein! Nein!) Dann laßt uns daran festhalten, fest bei ihr stehen. (Beifall.)

Laßt jenen Charter als unser Strebeziel bestehen. In einer der Ermahnungen des Herrn heißt es: „Ihr sollt vollkommen sein, wie Euer Vater im Himmel vollkommen ist." Der Erlöser, denke ich, erwartete nicht, daß irgend ein menschliches Geschöpf vollkommen sein könne, wie der Vater im Himmel, aber er sagt dennoch: „Seid vollkommen, wie Euer Vater im Himmel vollkommen ist!" Er stellte das als ein Muster auf, und der, welcher am meisten that, jenes Muster zu erreichen, erreichte den höchsten Grad sittlicher Vollendung. So sage ich in Bezug auf das Princip, daß alle Menschen gleich geschaffen sind, laßt es uns so nah als möglich erreichen. Wenn wir nicht jedem Geschöpf die Freiheit geben können, wollen wir nichts thun, was die Sklaverei auf irgend ein anderes Geschöpf legt. (Beifall.) Wenden wir dann diese Regierung in das Fahrwasser zurück, in welches die Gründer der Constitution sie ursprünglich brachten. Laßt uns fest bei einander stehen. Wenn wir dies nicht thun, so dreben wir nach der entgegengesetzten Richtung, die Judge Douglas vorschlägt, und arbeiten dahin, diese Nation zu einer allgemeinen Sklaven-Nation zu machen. Er (Douglas) ist Einer, der in solcher Richtung forteilt, und als Solchem leiste ich ihm Widerstand.

Rechtfertigung

der republikanischen Partei und Auseinandersetzung der Forderungen von Seiten des Südens.

Rede des ehrbaren Abraham Lincoln, von Illinois.
Gehalten im Cooper-Institut in New-York, am 27. Februar 1860.

Herr Präsident und Mitbürger New-Yorks! Die Thatsachen, die ich diesen Abend behandeln werde, sind ihrem Hauptinhalte nach alt und bekannt, und die allgemeine Anwendung, die ich davon machen werde, bietet auch nichts Neues. Wenn sich überhaupt von einer Neuheit des Gegenstandes sprechen läßt, so wird sie eher in dem Zusammenhange liegen, in welchem ich die Thatsachen anführen und Schlüsse daraus ziehen werde. In der Rede, die Senator Douglas letzten Herbst in Columbus, Ohio, hielt, äußerte er:

„Unsere Väter, als sie die Grundsätze der Regierung entwarfen, unter der wir leben, verstanden die Frage gerade so gut, ja noch besser, als wir."

Ich stimme diesem Ausspruch vollkommen bei und nehme ihn zum Text für diesen Vortrag, um so mehr, als gerade von ihm die Meinungsverschiedenheit zwischen den Republikanern und dem Flügel der demokratischen Partei ausgeht, an dessen Spitze Senator Douglas steht. Es fragt sich hier einfach, was war die Ansicht, welche jene Väter hinsichtlich der erwähnten Frage unterhielten. Was sind die Grundsätze der Regierung, unter der wir leben? Die Antwort ist: die Constitution der Ver. Staaten. Diese Constitution besteht aus einem Orginal Entwurf von 1787 (unter dem die gegenwärtige Regierung zuerst in's Leben trat) und zwölf darauf folgenden Amendments, von denen die ersten zehn in 1789 entstanden. Wer waren unsere Väter, welche die Constitution entwarfen? Ich denke die „neun und dreißig," welche den Original-Entwurf unterzeichneten, kann man mit Recht unsere Väter nennen und man kann von ihnen mit gleichem Rechte sagen, daß sie die Ansicht und Meinung der ganzen Nation zu der damaligen Zeit repräsentirten. Ihre Namen sind zu bekannt, als daß ich sie hier zu wiederholen brauchte. Ich nehme diese „neun und dreißig" als unsere Väter an, welche die Regierung schufen, unter der wir leben. Nun, was verstanden denn jene Väter gerade so gut, ja noch besser als wir? Es ist die Frage: Verbietet die richtige Abgrenzung zwischen Lokal- und Bundesautorität oder überhaupt irgend etwas in der Constitution unserer Bundesregierung, Sklaverei in unseren Bundes-Territorien zu controlliren? Douglas antwortet darauf bejahend, die Republikaner verneinend. Diese Bejahung und Verneinung bilden den eigentlichen Punkt der Frage und er ist es gerade, den, wie der Text sagt, unsere Väter besser als wir verstanden. Wir wollen nun sehen, ob diese „neun und dreißig" jemals über diese Frage eine praktische Entscheidung abzugeben hatten, und wenn so, wie sie dieselbe abgaben und in welcher Weise sie jenes bessere Verständniß an den Tag legten. In 1784, drei Jahre vor der Constitution, wo die Ver. Staaten kein anderes, als das nordwestliche Territorium eigneten, hatte der Congreß die Frage vor sich, ob man die Sklaverei in jenem Territorium verbieten solle; und vier von den „neun und dreißigen," welche nachher die Constitution schufen, befanden sich in jenem Congreß und stimmten über diese Frage ab. Von ihnen stimmten Roger Sherman, Thomas Mifflin und Hugh Williamson für das Verbot und zeigten damit, daß nach ihrem Verständniß keine Grenzline zwischen Lokal- und Bundes-Autorität oder überhaupt irgend etwas in der Constitution der Bundesregierung verböte, Sklaverei in dem Bundesterritorium zu controlliren. Der andere von den vieren, James McHenry, stimmte gegen das Verbot und zeigte somit, daß er es aus irgend welchem Grunde unpassend halte, dafür zu stimmen. In 1787, ebenfalls noch vor der Constitution, und zu einer Zeit, wo das nordwestliche Territorium ebenfalls noch das einzige war, welches die Ver. Staaten eigneten, tauchte dieselbe Frage bezüglich des Verbotes der Sklaverei in dem Territorium vor dem Congreß wieder auf, und weitere drei von den „neun und dreißig", welche späterhin die Constitution unterzeichneten, befanden sich in diesem Congreß und stimmten über diese Frage ab. Es war William Blount, William Few, und Abraham Baldwin und diese alle stimmten für das Verbot und zeigten somit, daß nach ihrem Verständniß keine Grenzlinie zwischen Lokal- und Bundes-Autorität der Bundesregierung verböte, Sklaverei im Bundes-Territorium zu controlliren. Dieses Mal wurde das Verbot zum Gesetze gemacht und bildete einen Theil der Verordnung von 1787. Die Frage hinsichtlich der Controlle der Bundesregierung in Bezug auf Sklaverei in den Territorien scheint nicht direkt vor der Convention gewesen zu sein, welche die ursprüngliche Constitution bildete, und deßhalb finden wir keine Nachricht darüber, daß die „neun und dreißig", während sie mit der Ausarbeitung derselben beschäftigt waren, eine Ansicht über diese Frage ausgedrückt hätten. In 1789 ward von dem ersten Congreß, welcher unter der Constitution zusammentrat, ein Beschluß passirt, die Verordnung von 1787 in Kraft zu setzen, einschließlich des Verbotes der Sklaverei in dem nordwestlichen Territorium. Die Bill für diesen Beschluß wurde von einem der „neun und dreißig" berichtet, Fitzsimmons, der dazumal ein Mitglied des Repräsentantenhauses von Pennsylvanien war. Sie ging durch alle ihre Stadien hindurch ohne auch nur ein Wort des Widerspruches und wurde schließlich im Hause und Senat ohne Ja und Nein's, was so viel als einstimmig ist, angenommen. In diesem Congreß befanden sich sechzehn von den „neun und dreißig" Vätern, welche die ursprüngliche Constitution schufen.

Dieß zeigt, daß nach ihrem Verständniß keine Grenzlinie zwischen Lokal- und Bundes-Autorität noch irgend etwas sonst in der Constitution dem Congreß rechtmäßig untersagte, Sklaverei in dem Bundesterritorium zu verbieten; sonst würde ihre Ehrlichkeit gegen correcte Principien und ihr Eid, die Constitution aufrecht zu erhalten, sie veranlaßt haben, dem Verbot entgegen zu treten. Weiter: George Washington, auch einer von den „neun und dreißigen," war damals Präsident und erklärte sich für diese Bill und unterzeichnete sie, wodurch er ihr die Kraft eines Gesetzes gab, und somit zeigte, daß nach seinem Verständniß keine Scheidelinie zwischen Lokal- und Bundes-Autorität der Regierung verbiete, Sklaverei in dem Bundesterritorium zu controlliren. Nicht lange nach der Annahme der ursprünglichen Constitution trat Nord-Carolina an die Bundesregierung das Land ab, das gegenwärtig den Staat Tennessee bildet; und einige Jahre später trat Georgia die jetzigen Staaten Mississippi und Alabama ab. In beiden Abtretungs-Urkunden stellten die genannten Staaten die Bedingung, die Bundesregierung sollte in dem abgetretenen Lande die Sklaverei nicht verbieten. Sklaverei existirte nämlich daselbst schon thatsächlich. Unter diesen Umständen verbot sie der Congreß dort nicht absolut; jedoch er controllirte sie bis zu einem bestimmten Grade.

In 1798 organisirte der Congreß das Territorium Mississippi. In dem Organisationsgesetze verbot er, daß man von einem anderen Orte her, außer von den Vereinigten Staaten, Sklaven in das Territorium bringe, indem er eine Geldstrafe darauf setzte.

und den Sklaven, die auf diese Weise hineingebracht wurden, die Freiheit schenkte. Dieses Gesetz passirte das Haus und den Senat ohne Ja's und Nein's. In diesem Congreß befanden sich drei von den „neun und dreißigen," die die ursprüngliche Constitution entwarfen. Es war John Langdon, George Read und Abraham Baldwin. Diese alle stimmten wahrscheinlich für dasselbe. Sicherlich hätte man es niedergeschrieben, wenn sie sich dagegen erklärt. In 1803 kaufte die Bundesregierung Louisiana an. Unsere früheren Gebiets-Erwerbungen kamen von einigen unserer eigenen Staaten her; jedoch Louisiana ward von einer ausländischen Nation acquirirt. In 1804 gab der Congreß eine Territorial-Organisation dem Theile davon, der jetzt den eigentlichen Staat Louisiana bildet. New-Orleans, das innerhalb dieses Theiles lag, war eine alte und verhältnißmäßig große Stadt. Es gab daselbst andere bedeutende Städte und Ansiedlungen, und Sklaverei hatte dort vollständig Fuß unter dem Volke gefaßt. Der Congreß verbot nicht Sklaverei in dem Territorial-Gesetz; controllirte sie aber dennoch in einer auffälligeren und ausgedehnteren Weise, als es mit Mississippi der Fall war. Der Hauptinhalt der Verordnung, welche er bezüglich der dortigen Sklaven gab, war der:

Erstens. Kein Sklave sollte vom Auslande in das Territorium importirt werden.

Zweitens. Kein Sklave sollte dahin gebracht werden, der in den Ver. Staaten] von dem 1. Mai 1798 an importirt worden wäre.

Drittens. Kein Sklave sollte dahin gebracht werden, es sei denn von seinem Eigenthümer und für seinen eigenen Gebrauch als ein Ansiedler. Die Vergehung dagegen sollte dem Verletzer des Gesetzes eine Geldstrafe zuziehen und der Sklave frei gelassen werden.

Dieser Beschluß wurde ohne Ja's und Nein's angenommen. In diesem Congreß befanden sich zwei von den „neun und dreißigen." Es war Abraham Baldwin und Jonathan Dayton. Wie in dem Falle mit Mississippi, so ist es auch hier wahrscheinlich, daß sie für denselben stimmten. Ihre Einsprache dagegen würde gewiß niedergeschrieben worden sein, hätten sie überhaupt geglaubt, daß dieser Beschluß die Grenzlinie überschritte, die die Lokalautorität von der Bundesautorität trennte. In 1819 und 1820 kam die Missourifrage vor. Viele Abstimmungen über die verschiedenen Phasen der allgemeinen Frage wurden genommen. Zwei von den „neun und dreißigen" — Rufus King und Charles Pinckney — waren Mitglieder dieses Congresses. Hr. King stimmte beständig für das Verbot der Sklaverei und gegen alle Vergleichsvorschläge, während Hr. Pinckney ebenso beständig gegen das Verbot der Sklaverei und gegen alle Vergleichsvorschläge stimmte. Hierdurch zeigte Hr. King, daß nach seinem Verständniß die Grenzlinie zwischen Lokal- und Bundes-Autorität vom Congreß nicht überschritten ward, indem er Sklaverei im Bundesterritorium untersagte, währeud Hr. Pincney durch seine Abstimmungen darthat, daß er nach seinem Verständniß genügenden Grund zu haben glaubte, einem Verbote in diesem Falle entgegen zu treten. Die erwähnten Fälle sind die einzigen, die ich habe auffinden können, wo die „neun und dreißig" sich direkt über diese Frage entschieden hätten. Um sie zusammen zu zählen, so waren es vier in 1784; drei in 1787; siebzehn in 1789; drei in 1798; zwei in 1804 und zwei in 1819—20; im Ganzen also ein und dreißig. Aber so würden wir John Langdon, Roger Sherman, William Few, Rufus King und George Read zweimal und Abraham Baldwin viermal zählen. Der letztere war noch dazu von Georgia. Ihre wirkliche Zahl ist 23, indem sich von den übrigen 16 nicht nachweisen läßt, daß sie irgend einen Antheil an dieser Frage genommen hätten. Hier haben wir denn dreiundzwanzig von unseren „neun und dreißig" Vätern, welche die Regierung schufen, unter der wir leben und die ihrer amtlichen Verantwortlichkeit und ihrem Eide gemäß über eben die Frage ihre Entscheidung abgaben, welche sie nach der Versicherung des Textes gerade so gut, ja noch besser als wir verstanden; und ein und zwanzig davon — eine offenbare Majorität von den ganzen neun und dreißig — entschieden sich so, daß sie sich grober politischer Taktlosigkeit und vorsätzlichen Meineides schuldig gemacht hätten, wenn nach ihrem Verständniß irgend eine wirkliche Grenze zwischen Lokal- und Bundesautorität oder irgend sonst etwas in der Constitution, die sie selbst gemacht und beschworen hatten, der Bundesregierung verboten hätte, Sklaverei in den Bundesterritorien zu controlliren. So handelten die einundzwanzig; und da Handlungen lauter sprechen als Worte, so sprechen Handlungen unter solcher Verantwortlichkeit noch lauter.

Zwei von den drei und zwanzig stimmten gegen das Verbot der Sklaverei von Seiten des Congresses in den Bundesterritorien; aber warum, ist nicht bekannt. Sie mögen so gehandelt haben, weil sie glaubten, daß die Scheidungslinie zwischen Lokal- und Bundesautorität oder ein Princip der Constitution im Wege stünde, oder sie mögen gerade gegen das Verbot gestimmt haben aus Gründen der Zweckdienlichkeit. Aber keiner, der die Constitution beschworen hat, kann gewissenhaft für eine unconstitutionelle Maßregel stimmen, wenn sie ihm auch noch so zweckdienlich erscheinen sollte; sondern jeder sollte gegen eine Maßregel stimmen, welche ihm constitutionell scheint, falls er sie zu gleicher Zeit für unzweckdienlich hält.

Es würde deßhalb nicht gerathen sein anzunehmen, daß die zwei, welche gegen das Verbot stimmten, es deßhalb thaten, weil nach ihrem Verständniß die Scheidegrenze zwischen Lokal- und Bundes-Autorität der Bundesregierung verböte, Sklaverei im Bundesterritorium zu controlliren. Die übrigen sechzehn von den „neun und dreißigen" haben, soweit ich es erforschen konnte, nicht hinterlassen, wie sie die Frage bezüglich der Controlle der Sklaverei in den Bundesterritorien von Seiten der Bundesregierung verstanden. Aber wir haben genügenden Grund zu glauben, daß ihre Ansicht über diese Frage von der der andern drei und zwanzig nicht verschieden gewesen sein würde, hätten sie dieselbe überhaupt ausgedrückt.

Um mich strenge an den Text zu halten, so habe ich bloß die Ansichten der neun und dreißig Väter erwähnt, welche die ursprüngliche Constitution entwarfen. Ich habe dabei anzugeben unterlassen, in welcher Weise irgend einer von den „neun und dreißigen" über die Sklaverei im Allgemeinen seine Meinung kund gab. Wenn wir ihre Handlungsweise und Erklärungen in Bezug auf fremden Sklavenhandel und die Moralität und Politik des letzteren im Allgemeinen betrachten, so dürfte es uns vorkommen, als ob bezüglich der direkten Frage über die Bundescontrolle der Sklaverei in den Bundesterritorien jene sechzehn, wenn sie überhaupt sich an dieser Frage betheiligt hätten, wahrscheinlich es in derselben Weise gethan haben würden, wie die „drei und zwanzig." Unter den sechzehn befanden sich mehrere der bekanntesten Antisklavereimänner der damaligen Zeit — wie Dr. Franklin, Alexander Hamilton und Gouverneur Morris, — während man von keinem Anderen weiß, daß er eine andere Ansicht hegte, es wäre denn John Rutledge von Süd-Carolina. Die Summe des Ganzen ist dieß, daß von unseres „neun und dreißig" Vätern, welche die ursprüngliche Constitution schufen, ein und zwanzig — eine offenbare Majorität — die feste Ueberzeugung hatten, daß keine Scheidelinie zwischen Lokal- und Bundesautorität noch irgend ein Theil der Constitution der Bundesregierung die Controlle der Sklaverei in den Territorien untersage, während alle die übrigen wahrscheinlich dieselbe Ueberzeugung theilten. Das war die Ansicht unserer Väter und der Text gibt zu, daß sie die Frage besser als wir verstanden.

Bis hierher habe ich gezeigt, wie die Frage von den Männern, welche die ursprüngliche Constitution schufen, verstanden wurde. Unsere gegenwärtige Verfassung aber, unter der wir leben, besteht aus jenem ursprünglichen Entwurfe und zwölf Amendments, welche seitdem angenommen wurden. Die, welche sich gegenwärtig darauf berufen, daß die Controlle der Bundesregierung bezüglich der Sklaverei in den Territorien die Constitution verletze, verweisen uns auf die betreffenden Verordnungen, denen sie dadurch entgegengehandelt glauben und die alle in diesen Amendments enthalten sind. Die Supreme Court berief sich im Dred Scott Fall auf das fünfte Amendment, welches verordnet, daß „keine Person ihres Eigenthums beraubt werden sollte ohne gehörige gesetzliche Procedur," während Senator Douglas und seine Anhänger sich auf die Verordnung des 10. Amendments stellen, „wonach die Macht, welche nicht durch die Constitution bewilligt ist, den einzelnen Staaten und dem Volke vorbehalten bleibt."

Diese Amendments wurden von dem ersten Congreß gemacht, der unter der Constitution zusammentrat — derselbe Congreß, der die Verordnung passirte, wonach das Verbot der Sklaverei in dem nordwestlichen Territorium in Wirksamkeit gesetzt wurde. Es war

nicht allein derselbe Congreß, sondern gerade dieselben einzelnen
Männer, die in derselben Sitzung diese Amendments und jene Ver-
ordnung unter Berathung hatten, welche Sklaverei in dem ganzen
Territorium verbot, das die Nation zur damaligen Zeit eignete.
Die constitutionellen Amendments wurden vorgeschlagen vor dem
Beschlusse, die Verordnung von 1787 in Kraft zu setzen, und paf-
sirt nach demselben, so daß jener Beschluß und die Amendments zu
gleicher Zeit dem Congreß zur Entscheidung vorlagen. Dieser
Congreß, der in Allem aus 76 Mitgliedern bestand und sechzehn
von den Männern in sich begriff, welche die ursprüngliche Constitution schufen, repräsentirte vorzugsweise unsere Väter, welche den
Theil unseres gegenwärtigen Regierungssystemes bildeten, von dem
man jetzt annimmt, daß er der Bundesregierung verböte, Sklaverei in dem Bundesterritorium zu controlliren. Ist es nicht ein
wenig anmaßend, heutigen Tages zu behaupten, daß die zwei Dinge,
welche der Congreß nach reiflicher Erwägung zu ein und derselben
Zeit schuf, einander absolut widersprechen? Und wird diese Behauptung nicht abgeschmackt, wenn aus demselben Munde die weitere hinzutritt, daß die, welche diese beiden angeblich einander wi-
dersprechenden Dinge thaten, besser als wir verstanden, ob sie wirklich einander widersprächen d. h. besser als der, welcher ihren gegenseitigen Widerspruch behauptet?

Man kann wohl mit Sicherheit annehmen, daß die „39,“ welche
die ursprüngliche Constitution bildeten, und die 76 Mitglieder des
Congresses, welche die Amendments dazu machten, diejenigen in
ihre Zahl einschließen, welche man mit Recht als unsere Väter bezeichnen kann, welche die Regierung schufen, unter der wir leben.
Und auf diese Annahme hin, fordere ich einen Jeden heraus, mir
nachzuweisen, ob einer von ihnen jemals in seinem ganzen Leben
erklärt hat, daß nach seinem Verständniß die Scheidewand zwischen
Lokal- und Bundesautorität oder irgend ein Theil der Constitution der Bundesregierung verböte, Sklaverei in den Territorien
zu controlliren.

Ich gehe noch einen Schritt weiter. Ich fordere einen Jeden
heraus, mir zu zeigen, ob irgend ein Mann vor dem Beginne des
gegenwärtigen Jahrhunderts lebte, der erklärt hätte, daß nach seinem Verständniß die Scheidewand zwischen Lokal- und Bundes-
Autorität der Regierung verböte, Sklaverei in den Territorien zu
controlliren. Denen, welche es jetzt so behaupten, stelle ich unsere
Väter gegenüber, welche unsere Regierung bildeten, und außerdem
noch alle übrigen Männer, welche in demselben Jahrhundert leb-
ten, worin unsere Constitution geschaffen wurde; sie werden auch
nicht einen finden, der mit ihnen übereinstimmt.

Um jedoch nicht mißverstanden zu werden, so will ich hier bemerken, daß nach meiner Ansicht wir nicht blindlings unseren Vätern in Allem folgen müssen, was sie thaten. Das würde nichts
Anderes heißen, als das Licht der Erfahrung von uns abhalten
und allen Fortschritt zurückweisen. Ich meine, wenn wir in ir-

genb einem Falle die Ansichten und die Politik unserer Väter aufgeben wollen, so sollten wir es auf solche klare Beweise hin thun,
daß selbst ihre gewichtige Autorität nach sorgfältiger Ueberlegung
nicht davor bestehen kann; sicherlich aber nicht in einem solchen
Falle, wo wir selbst erklären, daß sie die Frage besser als wir
verstehen. Wenn irgend ein Mann heutigen Tages aufrichtig
glaubt, daß die Scheidelinie zwischen Lokal- und Bundes-Autorität der Regierung verbietet, Sklaverei in den Territorien zu controlliren, so hat er ein Recht es zu sagen und seine Ansicht mit ehrlichen Beweisen zu unterstützen. Aber er hat kein Recht, Andere,
welche nicht so mit der Geschichte sich bekannt machen können, zu
dem falschen Glauben zu verleiten, als ob unsere Väter, welche die
Regierung schufen, dieselbe Ansicht gehabt hätten. Das heißt, an
die Stelle wahrheitsgetreuer Beweise Trug und Falschheit setzen.
Wenn Einer heutigen Tages aufrichtig glaubt, daß unsere Väter
in anderen Fällen Grundsätze anwendeten, die sie zu der Ansicht
geführt haben sollten, daß die Bundesregierung kein Recht habe,
Sklaverei in den Territorien zu controlliren, so mag er es sagen.
Aber zu gleicher Zeit sollte er auch erklären, daß nach seiner Meinung er ihre Grundsätze besser versteht, als sie selbst, und besonders sollte er dieser Erklärung nicht durch die Versicherung aus-
weichen, daß sie die Frage gerade so gut, ja noch besser, als wir
verstehen. Jedoch genug.

Laßt jeden, der glaubt, daß unsere Väter diese Frage gerade so
gut, ja noch besser als wir verstanden, sprechen, wie sie sprachen,
und handeln, wie sie in Beziehung darauf handelten. Das ist
Alles, was die Republikaner hinsichtlich der Sklaverei bezeichneten,
so wollen wir es auch bezeichnen, als ein Uebel, das man nicht
ausdehnen, sondern das man dulden müsse, weil seine thatsächliche
Existenz unter uns diese Duldung zur Nothwendigkeit macht.

Alle die Garantien, die unsere Väter ihm zusicherten, sollen ihm
ganz und vollständig zukommen. Das wollen die Republikaner
und nichts weiter.

Und nun wünschte ich einige Worte an den Süden zu richten,
wenn er zuhören möchte — wie er es aber wohl nicht thut. Ich
würde so zu ihm sagen: Ihr Leute im Süden haltet euch für ein
vernünftiges und Gerechtigkeit liebendes Volk, und ich glaube,
daß ihr in diesen Eigenschaften keinem anderen Volke nachsteht;
jedoch, wenn ihr von uns Republikanern sprecht, so bezeichnet ihr
uns als Schlangengezüchte oder im besten Falle als Geächtete.
Ihr schenkt dem Räuber und Mörder, aber nicht einem Schwarz-
republikaner Gehör. Die unbedingte Verdammung des „Schwarzrepublikanismus" scheint unter euch die unerläßliche Forderung zu
sein, wenn ihr Einem erlaubt zu sprechen. Kann man euch nicht
dazu bringen, inne zu halten und nachzudenken, ob ein solches Verfahren uns und euch selbst gegenüber ganz gerecht ist? Kommt
heraus mit eueren Anschuldigungen und wartet, bis wir sie anerkennen oder in Abrede stellen. Ihr sagt, wir sind sektionell. Das

verneinen wir. Was ist euer Beweis; Ihr sagt, unsere Partei hat keine Existenz unter euch — hat keine Stimmen für sich. Diese Thatsache ist wahr; aber was beweist sie? Bloß daß, im Falle wir ohne Aenderung unserer Principien Stimmen unter euch bekommen sollten, wir damit unseren sektionellen Charakter verlieren würden. Diesem Schlusse könnt ihr euch nicht entziehen und demnach würdet ihr bald ausfinden, daß wir aufgehört haben, sektionell zu sein; denn wir werden noch dieses Jahr Stimmen unter euch bekommen. Aber euer ganzer Beweis trifft gar nicht den eigentlichen Punkt. Daß wir keine Stimmen unter euch zählen, rührt von euch her, nicht von uns; es ist eure Schuld und bleibt es auch, bis ihr uns zeigt, daß wir euch durch irgend ein falsches Princip oder Handlungsweise von uns abstoßen. Ist das Letztere wirklich der Fall, dann liegt die Schuld an uns; aber dieß gerade führt euch zu dem Punkte zurück, von dem ihr hättet ausgehen sollen, nämlich zu einer Besprechung der Richtigkeit oder Unrichtigkeit unserer Grundsätze.

Wenn die letzteren in ihrer praktischen Durchführung uns auf eure Kosten übervortheilen würden, dann wären wir und unsere Grundsätze wirklich sektionell. Wohlan denn; ich fordere euch heraus, die Frage zu untersuchen, ob unsere Principien praktisch ausgeführt, euch benachtheiligen würden, und thut es in solcher Weise, als ob sich dabei auch etwas zu unseren Gunsten sagen ließe. Nehmt ihr diese Herausforderung an? Nein. Dann glaubt ihr wirklich, daß das Princip, welches unsere Väter für so offenbar recht hielten, daß sie es annahmen und immer wieder von Neuem sich eidlich zu seiner Beibehaltung bekannten, in der That so augenscheinlich falsch ist, daß ihr es ohne Weiteres verdammen müßt. Einige von euch thun sich etwas darauf zu gut, uns die Warnung vorzuhalten, die Washington in seiner Abschiedsansprache gegen sectionelle Parteien gab. Weniger als acht Jahre vorher hatte er als Präsident die Verordnung des Congresses unterzeichnet, wornach das Verbot der Sklaverei im nordwestlichen Territorium in Wirkung trat, — eine Verordnung, welche die Politik der Regierung über diesen Gegenstand bis zu dem Augenblicke bildete, wo er diese Warnung schrieb, und ungefähr ein Jahr darauf schrieb er an Lafayette, daß er dieses Verbot als eine weise Maßregel ansehe, und drückte zugleich dabei die Hoffnung aus, daß wir mit der Zeit eine Conföderation von freien Staaten bekommen würden. Wenn man sich dieses in's Gedächtniß ruft und sieht, wie Sectionalismus seitdem über gerade diese Frage entstand, ist dann jene Warnung eine Waffe in eueren Händen gegen uns oder in unserer Hand gegen euch? Wenn Washington selbst sprechen könnte, würde er den Vorwurf von Sectionalismus uns, die wir seiner Politik folgen, oder euch machen, die ihr sie zurückstoßt? Wir wiederholen diese Warnung Washington's und legen sie euch an's Herz, indem wir zugleich auf sein Beispiel euch verweisen, wie ihr die richtige Anwendung davon machen müßt.

Aber ihr nennt euch conservativ und uns nennt ihr revolutionär; zerstörungssüchtig. Was ist Conservatismus? Ist es nicht
die Anhänglichkeit an das Alte und Bewährte gegenüber dem
Neuen und Unbewährten? Wir halten an der alten Politik fest,
welche von unseren Vätern angenommen ward, während ihr sie
einstimmig verwerft, verspottet und verspuckt und etwas Neues an
ihrer Stelle haben wollt. Jedoch ihr seid nicht einig darüber, was
man an die Stelle setzen soll. Eure Pläne darüber sind sehr verschieden; einig seid ihr nur in der Verwerfung und Herabsetzung
der alten Politik unserer Väter. Einige von Euch wollen den
fremden Sklavenhandel wieder in's Leben rufen; andere wollen
vom Congreß ein Gesetzbuch zu Gunsten der Sklaverei in den Territorien; wieder andere wollen vom Congreß, es solle den Territorien verbieten, Sklaverei innerhalb ihrer Grenzen zu untersa-
gen; und wieder andere sind für den großen Grundsatz, daß „wenn
ein Mann den anderen zum Sklaven machen will, ein dritter nichts
darein zu reden hat". — ein Grundsatz, den man mit dem unge-
reimten Namen „Volks-Souveränetät" bezeichnet; aber keiner
von euch spricht sich zu Gunsten der Handlungsweise unserer Väter aus, wornach die Bundesregierung die Sklaverei in den Territorien verbot. Nicht einer von allen euren verschiedenen Plänen
kann seines Gleichen in dem Jahrhundert aufweisen, worin unsere Regierung entstand. Ueberlegt denn nun, ob euer Anspruch
auf Conservatismus und eure Beschuldigung von Zerstörungs-
sucht gegen uns wohl begründet ist. Ihr sagt weiter, wir hätten
die Sklavereifrage mehr in den Vordergrund gedrängt, als es früher der Fall war. Aber wir sind es nicht gewesen, die es thaten,
sondern ihr, die ihr von der alten Politik unserer Väter abfielt.
Wir stellten uns — und thun es noch — eurer Neuerung, eurem
Mangel an Conservatismus entgegen; und daher kommt es, daß
diese Frage eine solche hervorragende Stelle einnimmt. Wollt ihr,
daß man diese Frage auf ihr früheres Verhältniß reduzire? Dann
gehrt zu jener alten Politik zurück. Wenn ihr den Frieden der alten Zeiten haben wollt, so müßt ihr auch die Grundsätze und Politik der alten Zeiten wieder annehmen.

Ihr beschuldigt uns, als ob wir Aufruhr unter eueren Sklaven
stifteten. Womit beweist ihr das? Mit Harper's Ferry! Mit
John Brown! John Brown war kein Republikaner und es ist
euch noch nicht gelungen, einen einzigen Republikaner in seine
Harper's Ferry Geschichte zu verwickeln. wenn irgend ein Mitglied
unserer Partei ein Mitschuldiger in dieser Sache ist, so wißt ihr
es oder ihr wißt es nicht. Wenn ihr es wißt, so seid ihr nicht zu
entschuldigen, wenn ihr den Mann nicht bezeichnet und die Thatsache beweist. Wißt ihr es aber nicht, so ist es Unrecht von euch
bei einer Behauptung zu beharren, die ihr nicht begründen könnt.
Ihr wißt gut genug, daß das Bestehen auf einer Anklage, wovon man weiß, daß sie nicht wahr ist, ganz einfach eine böswil-
lige Verläumbung ist. Einige von euch geben großmüthig zu, daß

kein Republikaner direkt an biefer Harpers's Ferry Geschichte betheiligt war; behaupten aber doch, daß unsere Grundsätze nothwendig zu solchen Resultaten führen müssen. Wir glauben es nicht. Wir wissen, daß wir uns zu keinen anderen Grundsätzen bekennen, als zu denen, die unsere Väter festhielten.

Ihr habt niemals anständig mit uns gehandelt hinsichtlich dieser Geschichte. Als sie stattfand, waren einige bedeutende Staatswahlen vor der Thüre, und ihr glaubtet in voller Freude, wenn ihr den Vorfall uns zur Last legtet, so würdet ihr bei diesen Wahlen einen Vortheil über uns erringen. Die Wahlen gingen vor sich und euere Erwartungen wurden nicht ganz erfüllt. Ihr habt New-York, New-Jersey, Wisconsin und Minnesota nur nicht so im Sturme nehmen können. Aber ihr leiert noch immer dasselbe Lied ab. Fahrt nur fort damit. Wenn ihr denkt, ihr könnt die Liebe einer Frau durch Verläumbung ihres Charakters gewinnen oder einen Mann dazu bringen, daß er mit euch stimmt wenn ihr ihn herabsetzt, so geht nur zu und probirt es. Jeder Republikaner wußte, wenigstens was seine eigene Persönlichkeit betraf, daß euere Anklage eine Verläumbung war und wurde insofern wohl nicht sehr geneigt, zu eueren Gunsten seine Stimme abzugeben.

Die republikanischen Grundsätze sind mit einem beständigen Protest gegen jede Einmischung begleitet, sollte sie direct mit den Sklaven selbst oder mit euch wegen denselben stattfinden. Es ist wahr, wir erklären gemeinschaftlich mit unseren Vätern unsere Ueberzeugung, daß Sklaverei unrecht ist; aber die Sklaven hören uns solches nicht erklären; nach dem, was wir sagen oder thun, würden die Sklaven schwerlich etwas von der Existenz einer republikanischen Partei wissen; ihr macht sie damit bekannt durch die falschen Darstellungen, die ihr von uns in ihrer Gegenwart gebt. In eueren politischen Streiten unter einander beschuldigt eine Partei die andere der Sympathie mit Schwarzrepublikanismus; und dann, um dieser Beschuldigung Grund zu geben, definirt sie Schwarzrepublikanismus einfach als Aufruhr und Bluttbat unter den Sklaven. Sklavenaufstände sind nicht häufiger in gegenwärtiger Zeit, als früher vor der Organisation der republikanischen Partei. Was verursachte den Aufstand in Southampton vor 28 Jahren, wo wenigstens dreimal so viele Menschenleben geopfert wurden, als bei Harper's Ferry? Ihr könnt wohl kaum euere Phantasie, so elastisch sie auch ist, zu dem Schlusse ausdehnen, daß jener Aufstand in Southampton vom Schwarzrepublikanismus veranlaßt war. Bei dem gegenwärtigen Zustande der Dinge in den Ver. Staaten glaube ich nicht, daß eine allgemeine, ja nicht einmal eine sehr umfangreiche Sklaven-Insurrektion möglich. Die unerläßliche Bedingung, Einheit der Handlungsweise, kann nicht erfüllt werden. Die Sklaven haben keine Mittel schneller Mittheilung, noch können die letzteren durch aufstiftende Schwarze oder Weiße ergänzt werden. Die explodirenden Materialien sin-

ben sich überall zerstreut, aber die Mittelglieder, die sie zu einem
Ganzen verbinden, fehlen. Der Süden spricht viel von der Anhänglichkeit der Sklaven an ihre Herren, und ein Theil wenigstens davon ist wahr. Der Plan zu einem Aufstande ließe sich
kaum 20 Individuen mittheilen, ohne daß nicht einige davon, um
das theure Leben ihres Herrn zu retten, ihn verrathen würden.
Das ist die Regel und die Sklavenrevolution in Hayti bildete keine
Ausnahme davon, sondern war ein Fall, der unter ganz besonde-
ren Umständen Statt fand.

Die Pulververschwörung in der englischen Geschichte, obgleich sie
Nichts mit Sklaven zu thun hatte, kam der Sache näher. Bei ihr
waren ungefähr 20 in das Geheimniß eingeweiht und dennoch
verrieth einer davon, der seinen Freund gerne retten wollte, demselben das Complott und so blieb das Unglück abgewendet. Ge-
legentliche Vergiftungen, offener oder heimlicher Meuchelmord
und Lokalaufstände werden als die natürlichen Folgen der Sklaverei beständig vorkommen; jedoch eine allgemeine Sklaven-Insurrektion kann nach meiner Ansicht in unserem Lande nicht erfol-
gen. Wer ein solches Ereigniß fürchtet oder viel von ihm hofft,
wird gleicher Weise getäuscht werden. Um die Sprache Jefferson's
zu gebrauchen, „so ist es immer noch in unserer Macht, den Gang
der Emancipation und Deportation friedlich durchzuführen und so
langsam und stufenweise, daß das Uebel unbemerklich verschwinden
und die Lücke durch freie Arbeiter ersetzt werden wird. Warten wir
aber, bis sich der Uebelstand von selbst eine Bahn zu seiner Beseitigung bricht, dann muß die menschliche Natur vor den Folgen schau-
dern, die sich daraus ergeben können." Jefferson wollte damit nicht
sagen, daß die Macht der Emancipation in den Händen der Bundesregierung liege. Er sprach von Virginien und ich spreche mit Bezug auf die Macht der Emancipation blos von den sklavenhalten-
den Staaten. Die Bundesregierung jedoch hat, wie wir behaupten, die Macht, die Ausdehnung der Sklaverei zu verhindern, —
eine Macht, welche uns garantirt, daß ein Sklavenaufruhr nie auf
einem amerikanischen Boden vorkommen kann, der jetzt frei von
Sklaverei ist. John Brown's Unternehmen war eigenthümlicher
Natur. Es war kein Sklavenaufstand. Es war ein Versuch von
Seiten Weißer, einen Aufruhr unter den Sklaven hervorzurufen,
woran die letzteren sich zu betheiligen weigerten. In der That
war die ganze Geschichte so lächerlich, daß die Sklaven trotz ihrer
Unwissenheit gut genug einsahen, daß sie nicht gelingen könne.
Dieser Vorfall ist in seiner Idee den vielen Meuchelmordversuchen
ähnlich, die man an Königen und Kaisern machte. Ein Enthu-
siast brütet nach über die Unterdrückung, unter der ein Volk schmach-
tet, bis er sich endlich einbildet, er sei vom Himmel auserlesen, es
zu befreien. Er wagt den Versuch, der in nichts anderem als in
seiner eigenen Hinrichtung endet. Orsini's Attentat und das John
Brown's sind ihrer Idee nach ganz gleich.

Was würde es euch denn überhaupt helfen, wenn ihr auch die

John Brown's Geschichte, das Helperbuch und dergleichen dazu benutzen könntet, um die republikanische Partei damit aufzuheben? Die Handlungsweise der Menschen läßt sich bis zu einem gewissen Grade modificiren; aber seine Natur läßt sich nicht ändern. Es existirt ein gegen die Sklaverei feindliches Gefühl unter uns, das sich nicht durch Aufhebung einer politischen Organisation beseitigen läßt. Ihr könnt nicht so leicht eine Armee auseinander treiben, die, während ihr am stärksten auf uns feuertet, in Reihe und Glied getreten ist; und selbst wenn ihr es könntet, wie viel werdet ihr gewinnen, wenn ihr jenem Gefühle verweigert, sich auf friedlichem Wege am Wahlkasten geltend zu machen und es zwingt, einen anderen Ausweg zu suchen? Und welcher Art würde dieser andere Ausweg wohl sein? Würde sich die Zahl der John Brown's dabei vermindern oder vermehren? Jedoch ihr wollt lieber die Union aufheben, als euch zu einem Vorenthalt eurer constitutionellen Rechte verstehen. Das lautet etwas rücksichtslos; es würde sich entschuldigen, wenn auch nicht ganz rechtfertigen lassen, wollten wir euch irgend ein Recht nehmen, das in der Constitution mit klaren Worten steht. Aber wir wollen so etwas ganz und gar nicht. Wenn ihr diese Erklärungen macht, so habt ihr dabei ein angenommenes Recht vor euch im Auge, nämlich Sklaven nach den Bundesterritorien bringen und sie daselbst als Eigenthum halten zu dürfen. Aber ein solches Recht existirt weder direct in unserer Constitution, noch kann es irgend wie indirect daraus gefolgert werden.

Eure Absicht ist demnach einfach die, ihr wollt unsere Regierung vernichten, wenn man euch nicht erlaubt, die Constitution so auszulegen, wie es euch hinsichtlich aller der Streitpunkte zwischen uns und euch beliebt. Vielleicht werdet ihr sagen, daß die Supreme-Court die constitutionelle Streitfrage zu eueren Gunsten entschieden hat. Dem ist nicht ganz so. Die Court erklärte, daß ihr das constitutionelle Recht habt, Sklaven in die Territorien zu bringen und sie als Eigenthum dort zu halten. Die Entscheidung ward von einer getheilten Court in Folge der bloßen Majorität der Richter gegeben, und die letzteren waren selbst nicht einmal ganz mit einander über die Gründe dieser Entscheidung einverstanden; sie war mit einem Worte auf dem Mißverständniß basirt, „daß das Recht, Eigenthum in Sklaven zu halten, deutlich und ausdrücklich von der Constitution bestätigt werde." Ein Blick in die Constitution kann zeigen, daß ein solches Recht nicht ausdrücklich von ihr bestätigt wird. Wohl gemerkt, die Richter verpfändeten nicht ihre Ueberzeugung dafür, daß ein solches Recht indirect darin anerkannt wird, sondern daß es in klaren, unzweideutigen Worten darin enthalten ist, ohne daß man dasselbe erst durch Folgerungen daraus abzuleiten braucht. Hätten sie bloß erklärt, dieses Recht sei indirekt darin enthalten, so hätte es Anderen offen gestanden, zu zeigen, daß weder das Wort „Sklave" noch „Sklaverei" noch „Eigenthum" als von Sachen gebraucht wird, sondern daß, wo der Sklave erwähnt ist, er als „Person" bezeichnet wird, und wo von dem gesetzlichen Rechte seines Meisters ihm gegenüber die Rede ist, davon als von „einem Dienste oder schuldigen Arbeit" oder als einer „Schuld" in Dienst oder Arbeit zahlbar, gesprochen wird.

Es ist leicht zu zeigen, daß die Constitution absichtlich auf diese Weise auf Sklaven und Sklaverei anspielte, um die Idee auszuschließen, als ob ein Eigenthum an einem Menschen halten könne. Wenn sich die Richter ihres groben Mißverständnisses bewußt werden, kann man da nicht von ihnen vernünftiger Weise erwarten, daß sie ihren unrichtigen Beschluß zurücknehmen werden? Und weiter muß man sich erinnern, daß unsere Väter, welche die Constitution machten, dieselbe constitutionelle Frage schon lange vorher zu unsern Gunsten entschieden, und zwar ohne in ihrer Meinung getheilt zu sein, weder in Bezug auf die Entscheidung selbst, noch auf ihre Auslegung. Unter allen diesen Umständen haltet ihr euch wirklich gerechtfertigt, unsere Regierung umzustürzen, wenn man nicht eine solche Courtentscheidung, wie die eurige, ein für alle Mal als Norm gebend anerkennt? Aber ihr wollt euch nicht die Erwählung eines republikanischen Präsidenten gefallen lassen: In diesem Falle, sagt ihr, wollt ihr die Union zerstören und das große Verbrechen ihrer Zerstörung wird auf uns lasten! Das ist prächtig! Das ist prächtig. Ein Straßenräuber setzt mir ein Pistol auf die Brust und murmelt durch die Zähne: „Steh' still und gib her dein Geld, oder ich schieße dich nieder, und du bist dann ein Mörder!". Natürlich war das Geld, das der Räuber von mir verlangte, mein eigenes, und ich hatte ein offenbares Recht, es behalten zu dürfen; ich war zu diesem Gelde gerade so gut berechtigt, wie ich es zu meinem Stimmrechte bin, und die Drohung, mich todt zu schießen, um von mir mein Geld zu erpressen, sowie die Drohung mit der Zerstörung der Union um meine Stimme mir abzuzwingen, beruhen auf demselben Princip.

Nun noch einige Worte an die Republikaner. Es ist äußerst wünschenswerth, daß alle Theile dieser großen Conföderation in Frieden und Harmonie mit einander leben. Laßt uns als Republikaner unseren Antheil dazu beitragen. So sehr man uns auch reizt, so wollen wir doch nichts in leidenschaftlicher Unüberlegtheit thun. Wenn auch der Süden uns nicht einmal anhört, so wollen wir doch seine Forderungen ruhig erwägen, und wenn es unsere Pflicht erlaubt, ihnen nachgeben. Nach dem zu schließen, was der Süden sagt und thut, wollen wir einmal sehen, wie wir ihn zufrieden stellen können. Wird er zufrieden sein, wenn man ihm die Territorien ohne jede weitere Bedingung übergibt? Nein; er wird es nicht. In allen seinen Beschwerden gegen uns findet sich die Territorien kaum erwähnt. Feindliche Einfälle und Insurrektionen sind es, die er gegenwärtig uns unablässig vorwirft. Wird er zufrieden sein, wenn wir in Zukunft Nichts mit solchen Einfällen und Insurrektionen zu thun haben werden? Nein, er wird

5

es nicht. Wir wissen es, weil wir ja nie etwas damit zu thun hatten und er uns dennoch einer Betheiligung daran beschuldigt.

Nun was wird ihn denn eigentlich zufrieden stellen?" Einfach dieß: wir müssen ihn nicht nur gehen lassen, sondern wir müssen ihn auch überzeugen, daß wir ihn gehen lassen. Das ist, wie wir aus Erfahrung wissen, keine leichte Aufgabe. Wir haben es von dem Anfange unserer Organisation an probirt; aber ohne Erfolg. In allen unseren Platformen und Reden haben wir stets unsere Absicht erklärt, ihn gehen zu lassen, aber dieß Alles wirkte nicht dahin, ihn davon zu überzeugen. Eben so wenig überzeugt ihn die Thatsache, daß er nie einen von uns auf dem Versuche ergriffen hat, Störungen in seinem Lande zu veranlassen. Da nun alle diese Mittel fehlschlagen, was kann ihn denn eigentlich überzeugen? Es ist allein dieß: Hört auf die Sklaverei unrecht zu nennen, sondern nennt sie, wie er, recht. Und zwar muß dieß sowohl in Handlungen als in Worten geschehen. Stillschweigen darüber kann nicht geduldet werden, sondern wir müssen uns offen in dieser Weise für den Süden aussprechen. Douglas' neues Aufstands-gesetz muß in Wirksamkeit treten; Erklärungen, daß Sklaverei Unrecht ist, dürfen weder in der Politik, noch in den Zeitungen, noch auf der Kanzel gemacht werden. Wir müssen seine flüchtigen Sklaven mit vollstem Vergnügen festhalten und zurückgeben; wir müssen unsere Freistaaten-Constitutionen niederreißen; die ganze Atmosphäre muß von aller Oppositions-Ansteckung gegen Sklaverei gereinigt werden, ehe der Süden aufhört zu glauben, daß alle diese Unruhen von uns ausgehen. Ich weiß wohl, daß die Mehrzahl im Süden zu uns sagen dürfte: „Laßt uns in Frieden; thut Nichts gegen uns, und sagt über Sklaverei, was euch beliebt." Aber wir lassen sie ja in Frieden; stören sie nie, so daß dennoch das, was wir sagen, sie unzufrieden macht. Sie werden so lange fortfahren, uns zu beschuldigen, als ob wir gegen sie handelten, bis wir aufhören, gegen sie zu sprechen.

Ich weiß wohl, daß der Süden bis jetzt noch nicht förmlich den Umsturz unserer Freistaaten-Constitutionen verlangt hat. Jedoch diese Constitutionen sprechen die Ungerechtigkeit der Sklaverei mit feierlicherem Nachdruck aus, als irgend sonstige Erklärungen gegen dieselbe; und hat man nur die letzteren zum Schweigen gebracht, so wird man auch den Umsturz dieser Constitutionen verlangen. Da nach der Ansicht des Südens die Sklaverei recht und von einem veredelndem Einflusse ist, so muß er darauf dringen, daß dieselbe auch als ein gesetzliches Recht und als ein socialer Segen von der Nation anerkannt werde. Und wir können diese Anerkennung auf keinen anderen Grund hin zurückhalten, als auf unsere Ueberzeugung hin, daß Sklaverei unrecht ist. Wenn Sklaverei recht ist, so sind alle Gesetze und Constitutionen gegen sie an sich unrecht und sollten weggeschafft werden. Wenn sie recht ist, so können wir Nichts gegen ihre allgemeine Ausdehnung dawider-

haben; ist sie aber unrecht, so kann der Süden nicht mit Recht
auf ihrer Erweiterung bestehen. Alles, was der Süden verlangt,
könnten wir leicht zugeben, wenn wir Sklaverei für recht hielten
und Alles, was wir wollen, könnte er ebenso leicht und zugestehen,
wenn er Sklaverei für unrecht hielte. Der Süden, der Sklaverei
für recht hält, ist nicht dafür zu tadeln, daß er ihre volle Anerkennung verlangt; und wir, die wir vom Gegentheil überzeugt
sind, können wir ihm nachgeben? Können wir unsere Stimmen
gegen unsere Ansichten abgeben? Können wir so etwas thun in
Berücksichtigung unserer moralischen, socialen und politischen Ver-
antwortlichkeiten? Obgleich wir Sklaverei für unrecht ansehen,
so können wir sie doch, da ungestört lassen, wo sie existirt; denn
das verlangt die Nothwendigkeit, welche sich aus ihrer thatsäch-
lichen Existenz unter der Nation ergibt; aber können wir —
während unsere Abstimmung es verhindern kann — zugeben, daß
sie sich über die Territorien ausbreite und sich hier noch in diesen
freien Staaten einniste?

Wenn uns unser Pflichtgefühl dieses verbietet, so laßt uns
unserer Pflicht unerschrocken nachkommen. Wir müssen uns von
keiner der sophistischen Erfindungen irre führen lassen, mit denen
man uns so eifrig zu ködern sucht, — Erfindungen, die nach einer
Mittelstufe zwischen Recht und Unrecht herumspekuliren, was
gerade so vergebens ist, als wollte man nach einem Menschen, der
weder lebt noch todt ist, suchen. Wir müssen uns nicht verlocken
lassen durch eine Politik, die sagt: „diese Frage geht mich Nichts
an," während sie alle wahren Männer etwas angehen muß; nicht
durch Unionsaufrufe, die von ächten Unionsmännern verlangen,
daß sie den Anti-Unionsmännern nachgeben und die die göttliche
Regel umstürzen und anstatt den Sünder den Gerechten zur Buße
rufen; nicht durch Hinweisungen auf Washington, die Nichts
weiter wollen, als daß man das Gegentheil von dem sagt, was
Washington sagte, und das Gegentheil von dem thut, was er that.
Wir müssen uns auch nicht in unserer Pflicht durch falsche Anklagen
gegen uns irre machen noch uns schrecken lassen durch Drohungen
von der Zerstörung der Regierung oder persönlicher Kerkerhaft.
Laßt uns guten Glauben haben, daß Recht auch Recht erzeugt und
in diesem Glauben laßt uns den Muth haben, unsere Pflicht so zu
erfüllen, wie wir sie als recht erkennen.

Platform

der

nationalen republikanischen Partei,

angenommen am 17. Mai 1860 auf der

Chicago-National-Convention.

Als Präsident:

Abraham Lincoln, geb. am 12. Februar 1809.

Als Vice-Präsident:

Hannibal Hamlin, geb. am 17. August 1809.

Beschlossen, daß wir, die beauftragten Vertreter der republikanischen Wähler der Ver. Staaten, als Convention versammelt, in der Erfüllung der Pflicht, die wir unsern Constituenten und unserem Vaterlande schuldig sind, uns zu folgenden Erklärungen vereinigen:

1. Daß die Geschichte der Nation während der letzten 4 Jahre in vollem Maße die Geeignetheit und Nothwendigkeit der Organisirung und Fort-erhaltung der republikanischen Partei festgestellt hat, und daß die Ursa-chen, welche sie ins Dasein riefen, nach ihrer Natur dauernd sind, und jetzt, mehr als je zuvor, ihren friedlichen und verfassungsmäßigen Triumph verlangen.

2. Daß die Aufrechterhaltung der in der Unabhängigkeitserklärung proklamir-ten und in der Bundesconstitution verkörperten Grundsätze (alle Men-schen sind frei und gleich geboren und mit unveräußerlichen Rechten auf Leben, Freiheit und Streben nach Wohlfahrt ausgestattet, zur Sicherung dieser Rechte sind Regierungen eingesetzt, die ihre gerechte Befugniß aus der Einwilligung der Regierten schöpfen), für die Erhaltung unserer repub-likanischen Institutionen wesentlich ist, und daß die Bundesverfassung, die Rechte der Staaten, und die Union der Staaten erhalten werden sollen und müssen.

3. Daß diese Nation ihr beispielloses Wachsthum der Bevölkerung, ihre über-raschende Entwicklung materieller Hilfsquellen, ihre rasche Zunahme an Reichthum, ihr Glück im Innern und ihre Ehre auswärts der Union der Staaten verdankt; daß wir alle Pläne verabscheuen, die auf Trennung der Union hinzielen, gleichviel aus welcher Quelle sie kommen mögen, und dem Lande Glück dazu wünschen, daß kein republikanisches Congreßmitglied Disunionsdrohungen ausgestoßen hat, wie dies so oft von demokratischen Mitgliedern, ohne daß sie getadelt wurden und unter dem Beifall ihrer politischen Genossen geschehen ist; daß wir ihr Drohen mit Sprengung der Union, im Falle die Volksbewegung ihre Gewalt über den Haufen wirft, als eine Läugnung der Lebens- und Grundbedingungen einer freien Re-gierung anklagen und als ein Bekenntniß beabsichtigten Verraths, den streng zurückzuweisen und für immer zum Schweigen zu bringen, die gebieterische Pflicht des entrüsteten Volkes ist.

4. Daß die unverletzte Erhaltung der Rechte der Staaten und insonderheit des Rechtes jedes Staats, seine eigenen inneren Einrichtungen ausschließ-lich seinem eigenen Urtheil gemäß zu ordnen und zu beherrschen, für jenes Gleichgewicht der Gewalten wesentlich ist, auf welchem die Vollendung und Dauer unseres politischen Gebäudes beruht; und daß wir einen ge-

seßlosen Einfall mit bewaffneter Hand in das Gebiet irgend eines Staats oder Territoriums, gleichviel unter welchem Vorwand unternommen, als eines der schwersten Verbrechen anklagen.

5. Daß die jetzige demokratische Administration unsere schlimmsten Befürchtungen weit übertroffen hat, indem sie mit maßloser Unterwürfigkeit den Forderungen eines sektionellen Interesses nachkam, wie es sich namentlich kundgab in ihren verzweifelten Anstrengungen, dem protestirenden Volke von Kansas die schmachvolle Lecompton=Constitution aufzuzwingen, ferner in ihrer Auslegung der persönlichen Beziehungen zwischen Herr und Sklave, dahin, daß in diesem Verhältniß ein völliges und nicht beschränktes Eigenthumsrecht auf Menschen liege; ferner in der, mittelst Intervention des Congresses und der Bundesgerichte, überall, zu Land und Meer, versuchten Realisirung der extremsten Ansprüche eines rein lokalen Interesses, und in ihrem allgemeinen und unaufhörlichen Mißbrauch der von dem vertrauenden Volke ihr übertragenen Gewalt.

6. Daß das Volk mit Recht beunruhigt auf die ruchlose Verschwendung blickt, welche in allen Zweigen der Bundesregierung sich geltend macht, daß eine Rückkehr zu strenger Sparsamkeit und Verantwortlichkeit unerläßlich ist, um der systematischen Plünderung des öffentlichen Schatzes durch begünstigte Parteigänger Einhalt zu thun; und daß die neuesten erschreckenden Enthüllungen von Betrügereien in der Bundeshauptstadt beweisen, daß eine vollständige Aenderung der Verwaltung eine gebieterisch Nothwendigkeit ist.

7. Daß das neue Dogma, daß die Constitution, kraft ihres eigenen Inhalts, die Sklaverei in jedes und alle Gebiete der Ver. Staaten führt, eine gefährliche politische Ketzerei ist, welche gegen die ausdrücklichen Bestimmungen jenes Instrumentes selbst läuft, gegen die Auslegung der Zeitgenossen, und gegen alle legislative und richterliche Präcedenz; daß es in seiner Tendenz revolutionär ist und den Frieden und die Harmonie des Landes untergräbt.

8. Daß der normale Zustand aller Gebiete der Ver. Staaten der der Freiheit ist; daß, da unsere republikanischen Vorfahren, als sie die Sklaverei in dem ganzen Bundesgebiet abgeschafft, verordneten, daß „Niemand seines Lebens, seiner Freiheit oder Eigenthums, ohne gebührendes gerichtliches Verfahren beraubt werden solle," es uns somit immer zur Pflicht gemacht, auf dem Wege der Gesetzgebung, wenn solche Gesetzgebung nothwendig sein wird, diese Bestimmung der Constitution gegen alle Versuche, sie zu verletzen, aufrecht zu erhalten, und wir sprechen dem Congreß, oder einer Territorallegislatur oder irgend einer Person, die Befugniß ab, der Sklaverei in irgend einem Gebiet der Verein. Staaten gesetzliche Existenz zu verleihen.

9. Daß wir die unter dem Schutz unserer Nationalflagge kürzlich eingetretene Wiedereröffnung des afrikanischen Sklavenhandels, die durch corrupte Anwendung richterlicher Gewalt unterstützt wird, als ein Verbrechen gegen die Menschheit, und als eine tiefe Schande für unser Land und unser Zeitalter brandmarken, und den Congreß auffordern, rasche und wirksame Maßregeln zur gänzlichen und endgiltigen Unterdrückung jenes verabscheuungswürdigen Handels zu treffen.

10. Daß durch die letzten Veto's der demokratischen Bundes=Gouvernöre, gegen die Akte der Legislaturen von Kansas und Nebraska erlassen, welche die Sklaverei in jenen Gebieten verbieten, eine praktische Erläuterung des gerühmten demokratischen Princips der Nicht=Intervention und der Volkssouveränität geliefert wird, wie sie in der Nebraska=Kansas=Bill verkörpert ist, und ein Beweis für die Täuschung und den Betrug, die darin enthalten.

— 78 —

11. Daß Kansas von Rechtswegen auf der Stelle als Staat unter der neulich entworfenen und vom Volke angenommenen Constitution, welche das Haus der Repräsentanten acceptirt hat, zugelassen werden sollte.

12. Daß bei der Beschaffung von Einkünften zur Unterhaltung der Bundesregierung vermittelst Einfuhrzölle, die gesunde Staatsweisheit solche Ansätze dieser Anlagen verlangt, daß die Entwicklung der industriellen Interessen des ganzen Landes dadurch gefördert wird; und wir empfehlen eine solche Politik des nationalen Austausch-Verkehrs, die dem Arbeiter liberalen Lohn, dem Ackerbau lohnende Preise, dem Handwerker und Fabrikanten eine entsprechende Belohnung für ihre Kunst, ihre Arbeit und ihren Unternehmungsgeist und der Nation commercielles Gedeihen und Unabhängigkeit sichert.

13. Daß wir gegen jeden Verkauf oder jede Veräußerung von öffentlichen Ländereien, die von wirklichen Ansiedlern besetzt sind, an Andere protestiren, und gegen jede Auffassung der freien Heimstätte-Maßregel, die die Ansiedler als öffentliche Aerne, oder als Bettler um öffentliche Almosen betrachtet; und wir verlangen vom Congreß die Annahme der vollständigen und befriedigenden Heimstätte-Maßregel, welche bereits das Haus passirt hat.

14. Daß die republikanische Partei jeder Aenderung in unseren Naturalisations-Gesetzen oder irgend welcher Staatsgesetzgebung entgegen ist, durch welche die bisher den Einwanderern aus fremden Landen bewilligten Bürgerschaftsrechte gekürzt oder beeinträchtigt werden sollten; und daß wir dafür sind, den Rechten aller Classen von Bürgern, seien sie eingeborene oder naturalisirte, vollen und wirksamen Schutz angedeihen zu lassen, sowohl im In- als im Auslande.

15. Daß Verwilligungen von Seiten des Congresses für Hafen- und Fluß-Verbesserungen von nationalem Charakter, welche von den Bedürfnissen und Sicherheit eines vorhandenen Handels verlangt werden, von der Constitution autorisirt und durch die Verpflichtung der Regierung gerechtfertigt sind, das Leben und Eigenthum der Bürger zu schützen.

16. Daß eine Eisenbahn nach dem Stillen Ocean von den Interessen des ganzen Landes gebieterisch verlangt wird, daß die Bundesregierung dem Bau derselben so fort und wirksame Hülfe leiste; und daß als Einleitung dazu eine tägliche Ueberlandpost eingerichtet werden sollte.

17. Nachdem wir so unsere unterscheidenden Grundsätze und Ansichten dargelegt haben, laden wir schließlich alle Bürger ein, die im Wesentlichen mit uns in der Bejahung und Unterstützung derselben übereinstimmen, wie verschieden auch ihre Ansichten über andere Fragen sein mögen, mit uns zusammenzuwirken.

Die Platform

Douglas demokratische Platform!

Präsidentschafts-Candidat:

Stephen A. Douglas, geb. am 23. April 1813.

Vice-Präsidentschafts-Candidat:

Herschel V. Johnson, geb. am 18. September 18.2.

Beschlossen, daß wir, die in einer Convention versammelte Demokratie hierdurch die 1856 von der demokratischen Convention zu Cincinnati einstimmig angenommene und erklärte Platform von Prinzipien bestätigen, da wir glauben, daß demokratische Prinzipien in ihrer Anwendung auf dieselben Gegenstände unveränderlicher Natur sind.

Beschlossen, daß es die Pflicht der Ver. Staaten ist, allen ihren Bürgern, sowohl in als außer Landes, ob eingeboren, oder naturalisirt, vollständigen und genügenden Schutz angedeihen zu lassen.

Beschlossen, daß baldige Communication zwischen den Staaten am atlantischen und stillen Meere ein Bedürfniß der Zeit geworden ist, sowohl aus militärischen, commerciellen als auch aus Rücksichten auf die Postverbindung, und die demokratische Partei verpflichtet sich daher, zur Erlassung solcher constitutioneller Gesetze, die den Bau einer Eisenbahn nach dem stillen Meere in möglichst kurzer Zeit sichern werden.

Beschlossen, daß die demokratische Partei zu Gunsten der Erwerbung der Insel Cuba ist, unter solchen Bedingungen, die zugleich ehrenhaft für uns und gerecht gegen Spanien sind.

Beschlossen, daß Gesetzerlasse von Staats-Legislaturen, um die getreue Ausführung des Sklaven-Auslieferungs-Gesetzes zu verhüten, ihrem Charakter nach feindselig und auf den Umsturz der Constitution hinzielen und ihrer Wirkung nach revolutionär sind.

In Baltimore wurde noch folgender Beschluß auf Antrag des Mr. Wickliffe von Louisiana kurz vor der Vertagung von der Douglas Rumpf-Convention angenommen, nachdem der Antragsteller versichert, daß wenn dieser Beschluß angenommen werde, Louisiana für Douglas 40,000 Stimmen abgeben werde, und nachdem Mr. Payne von Ohio durch den Antrag auf sofortige Abstimmung jede Debatte darüber abschnitt. Der doppelgesichtige (ein Gesicht für die nördliche Demokratie, ein anderes für die südliche) Beschluß lautet:

Beschlossen, daß es mit der Cincinnati Platform in Einklang steht, daß, so lange eine Territorial-Regierung existirt, das Maß der Beschränkung, welches es auch sein möge, das die Bundesconstitution der Macht der Territorial-Gesetzgebung über den Gegenstand der häuslichen (domestic) Verhältnisse auflegt, wie dieselbe von der Supreme Court der Ver. Staaten entschieden ist oder entschieden werden wird, von allen guten Bürgern respektirt, und von allen Zweigen der Bundesregierung mit Raschheit und Treue eingeschärft werden sollte.

Die Platform

der südlichen und eines Theils der nördlichen Demokratie, welche
in Charleston und Baltimore aus der demokratischen National-
Convention austraten und als Candidaten aufstellten:

Als Präsident:

C. Breckinridge, von Kentucky, geb. am 16. Januar 1821.

Als Vice-Präsident:

General Jos. Lane, von Oregon, geb. am 16. Dec. 1801.

Beschlossen, daß die Platform, welche von der demokratischen Partei zu
Cincinnati angenommen wurde, bestätigt wird, mit den folgenden erläu-
ternden Beschlüssen:

1. Daß die Regierung eines Territoriums, durch Congreßakte organisirt, pro-
visorisch und temporär ist, und daß während ihrer Existenz alle Bürger
der Ver. Staaten ein gleiches Recht haben, sich mit ihrem Eigenthum im
Territorium niederzulassen, ohne daß ihre persönlichen oder Eigenthumsrechte durch die Gesetzgebung des Congresses oder des Territoriums zer-
stört oder verletzt werden dürfen.

2. Daß es die Pflicht der Bundesregierung ist, und all' ihrer Departements,
die persönlichen und Eigenthumsrechte in den Territorien und wohin immer ihre constitutionelle Autorität reicht, zu beschützen.

3. Daß wenn die Ansiedler in einem Territorium eine angemessene Bevölkerung haben, um eine Staatsconstitution zu bilden, das Recht der Souveränetät beginnt, und daß sie nach Aufnahme in die Union auf gleichem
Rechtsboden mit dem Volk anderer Staaten stehen und daß ein so orga-
nisirter Staat in den Bund aufgenommen werden muß, mag seine Constitution das Institut der Sklaverei verbieten oder anerkennen.

Beschlossen, daß die demokratische Partei für Erwerbung der Insel Cuba
ist, unter solchen Bedingungen, die ehrenvoll für uns selbst und gerecht
gegen Spanien sind, und zwar sobald als möglich.

Beschlossen, daß die Handlungen der Staats Legislaturen zur Beseitigung der gewissenhaften Ausübung des Sklavenflüchtlings-Gesetzes ihrem
Charakter nach feindlich, der Constitution widerstrebend und ihrem Effekt
nach revolutionärer Natur sind.

Beschlossen, daß die Demokratie der Ver. Staaten es als gebieterische
Pflicht der Regierung betrachtet, die naturalisirten Bürger in all ihren
Rechten daheim oder auswärts ebenso wie die eingebornen Bürger zu be-
schützen.

Da eine der nothwendigsten Erfordernisse der Zeit in militärischer, commer-
zieller und postalischer Hinsicht die beschleunigte Verkehrsvermittlung zwischen
den Pacific und den atlantischen Küsten ist, deßhalb sei

Beschlossen, daß die national-demokratische Partei sich hiemit verbindlich
macht jedes ihr zu Gebot stehende Mittel anzuwenden die Passirung einer
Bill durch den Congreß zu sichern, so weit seine constitutionelle Autorität
reicht, zur Anlage einer Pacific-Eisenbahn vom Mississippifluß an bis zum
Pacific-Ocean und zwar sobald als möglich.

Die Davis Beschlüsse,

welche von sämmtlichen anwesenden demokratischen Mitgliedern des Ver. Staa-
ten-Senats angenommen wurden, bis auf Senator Pugh von Ohio, und welche
demnach als Platform der Demokratie des Senats zu betrachten sind über die

Sklavereifrage, und somit eine erklärende Ausführung der von den in Charleston ausgetretenen südlichen und nördlichen demokratischen Delegaten angenommenen und in Baltimore von der Breckinridge- und Lane-Faktion bestätigten Platform bilden.

1 Beschlossen, daß bei der Annahme der Bundesverfassung, die Staaten, welche sie annahmen, einzeln für sich handelten als freie und unabhängige souveräne Gewalten, indem sie einen Theil ihrer Befugnisse delegirten (einem Agenten übertragen. Anm. d. Red.), um von der Bundesregierung zur verstärkten Sicherheit der Einzelnen gegen Gefahren, innerer sowohl als vom Auslande kommender ausgeübt zu werden; und daß irgend eine Einmischung von irgend einem einzelnen oder mehrerer Staaten, oder durch eine Combination ihrer Bürger, in die inneren Institutionen der Andern, gleichviel unter welchem Vorwande, politischem, moralischem oder religiösem, mit der Tendenz, sie zu stören oder zu untergraben, eine Verletzung der Constitution ist, eine Beleidigung für die Staaten, gegen welche in solcher Weise eingeschritten wird, und daß dieselbe ihren inneren Frieden und ihre Ruhe gefährdet, — Zwecke, um derentwillen die Constitution gemacht — und in nothwendiger Folge dahin zielt, die Union selbst zu schwächen und zu zerstören.

2. Beschlossen, daß die Negersklaverei, wie sie in 15 Staaten dieser Union besteht, einen wichtigen Theil ihrer häuslichen Institutionen ausmacht, die von ihren Vorfahren ererbt und zur Zeit der Annahme der Constitution existirt, durch welche sie anerkannt ist als ein wichtiges Element in der Vertheilung der Macht unter die Staaten bildend; und daß keine Aenderung der Ansichten oder Gefühle auf Seiten der Nicht-Sklavenhaltenden Staaten der Union, in Bezug auf diese Institution, sie oder ihre Bürger rechtfertigen kann bei offenen oder verdeckten Angriffen darauf, die ihren Sturz im Auge haben; und daß alle solche Angriffe in offenbarer Verletzung der gegenseitigen und feierlichen Verpflichtung geschehen, sich einander zu schützen und zu vertheidigen, welche die Staaten übernommen, als sie den constitutionellen Vertrag eingingen, der die Union bildete, und ein offener Vertrauensbruch und Verletzungen der feierlichsten Verpflichtungen ist.

3. Beschlossen, daß die Union dieser Staaten auf der Gleichheit der Rechte und Privilegien unter ihren Theilen beruht; und daß es insonderheit die Pflicht des Senats ist, welcher die Staaten in ihrer souveränen Eigenschaft vertritt, allen Versuchen Widerstand zu leisten, einen solchen Unterschied in Beziehung auf Personen oder Eigenthum in den Territorien zu machen, welche das gemeinsame Besitzthum der Ver. Staaten sind, daß dadurch den Bürgern eines Staats Vortheile gegeben werden, die nicht ebenso denen jedes anderen Staats gesichert sind.

4. Beschlossen, daß weder der Congreß noch eine Territorial-Legislatur, sei es durch direkte Gesetzgebung oder durch Gesetzgebung von einem indirekten und unfreundlichen Charakter die Macht besitzt, das verfassungsmäßige Recht irgend eines Bürgers der Ver. Staaten zu vernichten oder zu beeinträchtigen, sein Sklaveneigenthum in die gemeinsamen Gebiete zu bringen und dort zu halten und zu genießen, so lange der Territorial-Zustand dauert.

5. Beschlossen, daß, wenn die Erfahrung zu irgend einer Zeit beweisen sollte, daß die richterlichen und erecutiven Behörden nicht die Mittel besitzen, den constitutionellen Rechten in einem Gebiet angemessenen Schutz zu sichern, und eine Territorial-Regierung es unterlassen oder sich weigern sollte, die nöthigen Abhülfemaßregeln zu dem Zwecke zu treffen, es dann die Pflicht des Congresses sein wird, solchen Mangel zu ergänzen.

6. Beschlossen, daß die Einwohner eines Gebiets der Ver. Staaten, wenn sie rechtmäßig eine Constitution bilden, um als ein Staat zugelassen

zu werden, dann zum ersten Male, wie das Volk eines Staats zu der Zeit, wo es eine neue Constitution sich bildet, entscheiden können für sich, ob die Sklaverei, als eine innere Einrichtung, innerhalb ihrer Gerichtsbarkeit aufrechterhalten oder verboten werden soll, und daß sie in die Union mit oder ohne Sklaverei aufgenommen werden sollen, je nachdem ihre Constitution es vorschreibt zur Zeit ihrer Zulassung.

7. Beschlossen, daß die Bestimmung der Constitution über Auslieferung Arbeits- oder Dienstflüchtiger, ohne deren Annahme die Union nicht hätte gebildet werden können, und daß die Gesetze von 1798 und 1850, welche erlassen wurden, um ihre Ausführung zu sichern, und deren Hauptzüge, die sich ähnlich, beinahe 70 Jahre hindurch durch die höchste richterliche Autorität sanktionirt sind, ehrlich und getreu von Allen beobachtet und aufrechterhalten werden sollten, welche die Vortheile unseres Unionsvertrages genießen, und daß alle Akte von Personen oder von Staatslegislaturen zur Vereitelung des Zweckes oder zur Nullifizirung der Vorschriften jener Bestimmung und der in Folge derselben erlassenen Gesetze, in ihrem Charakter feindlich sind, die Constitution untergrabend und in ihrer Wirkung revolutionär.

Ein Campagnelied.

(Mel.: „Schleswig-Holstein meerumschlungen.")

Auf zum Kampf Republikaner,
Schließet fester uns're Reih'n,
Daß wir jubelnd nach gethaner
Arbeit uns des Sieges erfreu'n!
Lincoln, Hamlin, frisch voran
Auf der Freiheit Siegesbahn!

Laßt uns nicht bei halbem Werke,
Nicht auf halbem Wege steh'n,
Laßt mit unsrer ganzen Stärke
Stürmend in den Kampf uns geh'n!
Lincoln, Hamlin, dem Panier
Eures Rufes folgen wir!

Deutsche, einst am Heimathheerde
Selber Sklaven halb, jetzt frei,
Wollt ihr, daß auch diese Erde
Sei ein Platz für Sklaverei?
Lincoln, Hamlin, Euch begrüßt,
Wer noch deutschen Herzens ist!

Wer noch liebt deutsche Treue
Deutsche Ehre, deutsches Recht,
Geht mit uns, die wir als freie
Männer stehen im Gefecht!
Lincoln, Hamlin, deutscher Muth
Steht zu Euch mit Gut und Blut!

Lang genug auf diesem Lande
Ruht das Uebermaß der Schmach,
Doch, der sie zersprengt, die Bande,
Naht der Freiheit heller Tag!
Lincoln, Hamlin, stark und frei,
Bleibt Ihr Eurem Schwure treu!

Aber Ihr, die nur mit Schande,
Mit Bestechung und Verrath
Herrschet jetzt in diesem Lande,
Höret, Euer Stündlein naht!
Lincoln, Hamlin, schlagt darein,
Von dem Pack uns zu befrei'n!

Auf zum Kampfe, auf zum Siege,
Stürmt in dicht gedrängten Reih'n,
Nieder mit dem Reich der Lüge,
Hoch der Freiheit Morgenschein!
Lincoln, Hamlin, bringt zurück,
Diesem Lande Ruhm und Glück!

Einige Urtheile über Sklaverei.

Locke: Jeder Mensch hat ein Eigenthumsrecht auf seine eigene Person, das ihm zu nehmen Niemand das Recht hat.

Plato: Sklaverei ist ein System der vollendetsten Ungerechtigkeit.

Dr. Johnson: Kein Mann ist von Natur das Eigenthum eines andern.

Brissot: Sklaverei in all ihren Formen, in allen ihren Abstufungen, ist eine Verletzung des göttlichen Gesetzes und eine Erniedrigung der menschlichen Natur.

Franklin: Nicht allein die weisen und guten Menschen aller Zeiten, auch die christliche Kirche der ganzen Welt, mit der unbedeutenden Ausnahme eines kurzen Zeitraums in unserem eigenen Lande, haben die Sklaverei als eine abscheuliche, barbarische Erniedrigung der menschlichen Natur bezeichnet.

Douglas: "When they want slavery let them have it!" (Wenn sie Sklaverei haben wollen, dann laßt sie dieselbe haben.) Damit stellt sich Douglas allen großen und edlen Männern des Alterthums und der Neuzeit gegenüber, und das nennt er „Volkssouveränetät."

„Ich kann nur sagen, daß kein Mensch lebt, der sehnlicher wünscht als ich, daß ein Plan angenommen oder adoptirt werden möchte, um der Sklaverei ein Ende zu machen." Georg Washington.

„Die Abschaffung der heimischen Sklaverei in diesen Colonien, wo sie unglücklicher Weise in deren Kindheit eingeführt wurde, sollte der erste Gegenstand unserer Wünsche sein." Thomas Jefferson.

„Wir haben gefunden, daß das Uebel der Sklaverei allen Staaten der Union, wo sie eingeführt worden war, nur Schaden gethan hat." James Monroe.

„Ich habe nie eingeräumt, und werde nie einräumen, daß ein Fuß Land zu Sklaven-Territorium gemacht werden sollte, außer was die 13 ursprünglichen Staaten bei der Bildung der Union inne hatten. Nie, nie!" D. Webster.

„Natürliche Freiheit ist die Gabe einer gütigen Vorsehung für das ganze menschliche Geschlecht." Alexander Hamilton.

„Sklaverei ist eine schändliche Entwürdigung der menschlichen Natur." Franklin.

Die Uebel der Sklaverei können nicht aufgezählt werden. G. W. Sommers, Virginien.

„So lange Gott mir mein Leben schenkt, werde ich nie einwilligen, durch Wort oder That, über eine Ruthe freien Boden den Fluch der Sklaverei und menschlichen Knechtschaft zu bringen. H. Clay.

Bei der Befürwortung der Abschaffung des Sklavenhandels bemerkt Madison:

„Die Gebote der Humanität, die Prinzipien des Rechts, die nationale Sicherheit und das Glück der Nation, und eine kluge Politik verlangen das von uns. Es muß gehofft werden, daß durch den Ausdruck einer nationalen Mißbilligung des Handels wir ihn zerstören und unser Land von Vorwürfen und unsere Nachkommen von der Schwäche retten, die stets einem Lande anhängt, das mit Sklaven gefüllt ist."

An einer andern Stelle des „Föderalisten" sagt Madison, der Vater der Constitution: „Es ist unrecht, in der Constitution die Idee zuzulassen, daß es Eigenthum an Menschen geben kann."

„Es würde meine innerste Seele erfreuen, wenn jedes meiner Mitgeschöpfe frei gemacht würde. Wir sollten die Nothwendigkeit, unsere Mitmenschen in der Knechtschaft zu halten, beklagen und beweinen. Glauben Sie mir, ich werde die Quäker für ihre edlen Bemühungen für Abschaffung der Sklaverei ehren." Patrick Henry, ein Virginier und Unterzeichner der Unabhängigkeits-Erklärung.

Georg Washington schreibt an Lafayette: „Ihr wohlwollendes Herz, mein theurer Marquis, tritt bei allen Gelegenheiten so deutlich hervor, daß ich mich niemals über neue Kundgebungen desselben wundere; aber Ihr neulicher Ankauf eines Landbesitzes in der Colonie Cayenne, um darauf Ihre Sklaven frei zu machen, ist ein edelmüthiger und abelnber Beweis Ihrer Humanität. Wollte Gott, daß ein ähnlicher Geist sich allgemein unter dem Volke dieses Landes verbreitete."

In einem Brief an Sir John Sinclair schreibt Washington: „Es gibt in Pennsylvanien Gesetze für die allmählige Abschaffung der Sklaverei, die gegenwärtig weder Virginien noch Mayland haben, aber nichts ist gewisser, als daß sie dieselben haben möchten, und in einer nicht entfernten Zeit."

„Meine Opposition gegen die Ausdehnung der Sklaverei reicht weiter zurück als 1844, — 40 Jahre weiter zurück; und da dies eine geeignete Zeit für eine allgemeine Erklärung und für eine Art Gewissensbeichte, so will ich erklären, daß meine Opposition dagegen von 1804 an datirt, wo ich die Rechtswissenschaft im Staat Virginien studirte und den Gegenstand der „früheren Sklaverei in einem amerikanischen Buch behandelt fand, einem Virginischen Buch — Tucker's Ausgabe von Blackstone's Commentar. Thomas H. Benton.

„Ich würde niemals mein Schwert für die Sache Amerika's gezogen haben, wenn ich hätte denken können, daß ich dadurch ein Land der Sklaverei gründete." Lafayette.

„Die Ausdrücke Sklaverei und Recht widersprechen und schließen einander aus." Rousseau.

„Die, welche Sklaven oder freie Männer fortschleppen, halten, verkaufen oder kaufen, sind Menschenräuber. Einen Menschen zu stehlen ist die schwerste Art Diebstahl." Grotius.

„Der Stand der Sklaverei ist von einer solchen Natur, daß er aus keinem Grunde, moralischen oder politischen, eingeführt werden kann, sondern allein durch positives Gesetz, welches seine Kraft bewahrt, nachdem lange schon die Gründe, die Veranlassung und selbst die Zeit, die es hervor brachte, aus der Erinnerung geschwunden sind. Sie ist so gehässig, daß Nichts genügen kann, sie zu stützen, als positives Gesetz. Welche Unbequemlichkeiten daher aus der Entscheidung folgen mögen, so kann ich nicht erklären, daß das Gesetz England's diesen Fall zuläßt oder billigt, und dazhalb muß der Schwarze freigelassen werden. Lord Mansfield, in der berühmten Entscheidung des Somerset-Falls. Ein Neger dieses Namens war, in Afrika geraubt, nach Virginien verkauft, von da als Aufwärter nach England gebracht und dort bewogen, gerichtlich auf die Wiedererlangung seiner Freiheit zu bringen. Der Oberrichter Mansfield entschied, daß unter dem common law von England keine Sklaverei bestehen könne und Somerset und alle ähnlichen Neger in Alt-England wurden frei.

"Slaves cannot breathe in England ; if their lungs
Receive our air, that moment they are free.
They touch our country and their shackles fall."

(Es athmet kein Sklave in England, im Augenblick, woselbst er unsere Luft athmet, ist er frei. Er berührt unsere Erde, und seine Ketten fallen.) Cowper.

„Sprecht mir nicht von Rechten, — sprecht mir nicht von dem Eigenthum des Pflanzers an seinen Sklaven. Ich leugne das Recht; ich erkenne das Eigenthum nicht an. Vergebens sprecht Ihr mir von Gesetzen, die einen solchen Anspruch bestätigen. Es gibt ein Gesetz über allen Erlassen menschlicher Gesetzbücher, dasselbe in der ganzen Welt, dasselbe zu allen Zeiten; es ist das Gesetz, das der Finger Gottes in die Herzen der Menschen geschrieben, und nach diesem Gesetz, das unveränderlich und ewig, so lange die Menschen Betrug verachten und Raub verabscheuen, und vor Blut zurückschrecken, werden sie mit Unwillen die wilde und schuldvolle Verirrung verwerfen, daß ein Mensch einen Menschen als sein Eigenthum halten kann." Lord Brougham.

Conſtitution.

Wir, das Volk der Vereinigten Staaten, in der Abſicht, eine vollkommenere Union zu bilden, Recht und Gerechtigkeit einzuſeßen, Ruhe im Innern zu befeſtigen, für gemeinſame Vertheidigung Fürſorge zu treffen, allgemeine Wohlfahrt zu befördern, und den Segen der Freiheit uns und unſern Nachkommen zu ſichern, verordnen und errichten hiermit dieſe Conſtitution für die Vereinigten Staaten von Amerika.

Artikel I. — Erſter Abſchnitt.

Alle hierin bewilligte geſeßgebende Gewalt ſoll einem Congreß der Vereinigten Staaten übertragen ſein, welcher aus dem Senat und dem Hauſe der Repräſentanten beſtehen ſoll.

Zweiter Abſchnitt.

§ 1. Das Haus der Repräſentanten ſoll aus Mitgliedern zuſammen geſeßt ſein, welche alle zwei Jahre von dem Volk der verſchiedenen Staaten erwählt werden, und die Wähler in einem jeden Staate ſollen diejenigen Eigenſchaften haben, welche für Wähler des zahlreichſten Zweigs der Geſeßgebung in ihrem eigenen Staate erforderlich ſind.

§ 2. Niemand ſoll zum Repräſentanten gewählt werden können, der nicht das Alter von fünf und zwanzig Jahren erreicht hat, und ſeit ſieben Jahren Bürger der Vereinigten Staaten geweſen iſt, und der nicht zur Zeit ſeiner Erwählung ein Einwohner desjenigen Staates iſt, in welchem er gewählt wurde.

§ 3. Die Repräſentanten und die birekten Steuern ſollen unter die verſchiedenen Staaten, welche innerhalb dieſer Union begriffen ſein mögen, verhältnißmäßig, je nach deren reſpektiver Volkszahl, vertheilt werden; und dieſe wird ſo berechnet, daß der ganzen Anzahl freier Perſonen, einſchließlich derer, ſo eine feſtgeſeßte Zeit von Jahren zu dienen verbunden ſind und ausſchließlich der nicht beſteuerten Indianer, drei Fünftheile aller übrigen Perſonen zugezählt werden.

Die dießmalige Zählung ſoll innerhalb brei Jahren nach der erſten Verſammlung des Congreſſes der Vereinigten Staaten geſchehen und innerhalb eines jeden darauf folgenden Zeitraums von zehn Jahren in der Art, wie derſelbe (Congreß) ſie durch das Geſeß beſtimmen wird. Die Zahl der Repräſentanten ſoll nicht Einen von jedweden dreißigtauſend (Gezählten) überſchreiten, aber jeder Staat ſoll wenigſtens Einen Repräſentanten haben, und bis daß eine ſolche Zählung vorgenommen wird, ſoll der Staat New Hampſhire brei, Maſſachuſetts acht, Rhode Island mit Providence Plantations einen, Connecticut fünf, New York ſechs, New Jerſey vier, Pennſylvanien acht, Delaware einen, Maryland ſechs, Virginien zehn, Nord Carolina fünf, Süd Carolina fünf, und Georgien brei zu wählen berechtigt ſein.

§ 5. Wenn sich in der Repräsentation irgend eines Staates Stellen-Erledigungen ereignen, so soll die vollziehende Gewalt desselben Wahlausschreiben ergehen lassen, und solche erledigten Stellen ergänzen.

§ 6. Das Haus der Repräsentanten soll einen Sprecher und andere Beamte wählen, und die alleinige Machtbefugniß einer Klaganbringung vor dem Senat haben.

Dritter Abschnitt.

§ 1. Der Senat der Vereinigten Staaten soll aus zwei Senatoren von einem jeden Staat zusammengesetzt sein, welche die Gesetzgebung desselben auf sechs Jahre erwählt hat; und jeder Senator soll eine Stimme haben.

§ 2. Unmittelbar nach ihrer auf die erste Wahl erfolgten Versammlung sollen sie so gleichförmig als möglich in drei Classen getheilt werden. Die Sitze der Senatoren erster Classe sollen mit dem Ablauf des zweiten Jahres, die der zweiten Classe nach Ablauf des vierten Jahres, und die der dritten Classe nach Ablauf des sechsten Jahres erledigt werden, so daß alle zwei Jahre ein Drittheil erwählt wird; und wenn Stellen erledigt werden durch Amtsniederlegung oder auf andere Weise, während dem die Gesetzgebung irgend eines Staates keine Sitzung hält, so soll die vollziehende Gewalt desselben temporär Bestallungen bis zur nächsten Zusammenkunft der gesetzgebenden Behörde machen, welche alsdann solche erledigten Stellen wieder besetzen soll.

§ 3. Niemand soll Senator werden, der nicht das Alter von dreißig Jahren erreicht hat und neun Jahre Bürger der Vereinigten Staaten gewesen ist, und der nicht zur Zeit seiner Erwählung ein Bewohner desjenigen Staates war, von welchem er erwählt wurde.

§. 4. Der Vice-Präsident der Vereinigten Staaten soll Präsident des Senats sein, jedoch keine Stimme haben, außer wenn die Stimmen gleich getheilt sind.

§ 5. Der Senat soll seine andern Beamten wählen und ebenso einen Präsidenten pro tempore in Abwesenheit des Vicepräsidenten, oder wenn dieser das Amt des Präsidenten der Vereinigten Staaten bekleiden muß.

§ 6. Der Senat soll die alleinige Gewalt haben, über alle vor ihn gebrachten Anklagen Gericht zu halten. Wenn er zu dem Ende Sitzungen hält, so soll er vorher durch Eidschwur oder feierliche Versicherung an Eidesstatt verpflichtet werden. Wird der Präsident der Vereinigten Staaten vor Gericht geladen, so soll der Oberrichter den Vorsitz führen und Niemand soll für überwiesen erklärt werden, wenn nicht zwei Drittheile der gegenwärtigen Mitglieder übereinstimmen.

§ 7. Ein Urtheil in Anklagefällen vor dem Senate kann sich nicht weiter erstrecken, als auf Amtsentsetzung, der Unfähigkeits-Erklärung, irgend ein Ehrenamt, ein anvertrautes oder einträgliches Amt in den Vereinigten Staaten zu bekleiden und zu verwalten; — aber der überwiesene Theil soll demungeachtet der Anklage vor dem Geschwornen-Gerichte, dem gerichtlichen Verhör, der Verurtheilung und Bestrafung unterworfen sein.

Vierter Abschnitt.

§ 1. Zeit, Ort und Weise der Wahlabhaltung für Senatoren und Repräsentanten sollen in jedem Staat von dessen gesetzgebender Behörde vorgeschrieben werden; aber der Congreß darf zu jeder Zeit durch's Gesetz derartige Regulirungen machen oder ändern, ausschließlich über die zur Wahl der Senatoren bestimmten Orte.

§ 2. Der Congreß soll sich wenigstens einmal im Jahre versammeln, und es soll diese Versammlung am ersten Montag des Decembers stattfinden, wenn er nicht durch's Gesetz einen andern Tag dazu bestimmen wird.

Fünfter Abschnitt.

§ 1. Einem jeden Hause steht das Richteramt über die Wahlen, Wahlberichte und Wahlbefugnisse seiner eigenen Mitglieder zu, und die Mehrheit eines jeden Hauses soll die zum Betrieb der Geschäfte nöthige Anzahl sein, aber eine kleinere Zahl darf sich von einem Tag zum andern vertagen und ist bevollmächtigt, abwesender Mitglieder Ankunft in der Art und durch solche Strafen zu betreiben, wie ein jedes Haus sie festsetzen wird.

§ 2. Jedes Haus darf seine Geschäftsordnug selbst bestimmen, seine Mitglieder wegen unordentlichen Benehmens bestrafen und mit Zustimmung von zwei Dritttheilen ein Mitglied ausschließen.

§ 3. Jedes Haus soll ein Tagebuch seiner Verhandlungen halten und es von Zeit zu Zeit, mit Ausnahme solcher Theile, die es nach seinem Urtheil geheim zu halten für nöthig hält, veröffentlichen. Die Stimmen der Mitglieder eines Hauses für oder gegen irgend eine in Rede stehende Sache sollen auf Verlangen von einem Fünftheil der gegenwärtigen Mitglieder in das Tagebuch eingerückt werden.

§ 4. Kein Haus darf, ohne die Zustimmung des andern, seine Sitzungen während der Dauer des Congresses länger als drei Tage aussetzen, noch sie an irgend einen Ort verlegen als den, worin beide Häuser ihre Sitzungen halten werden.

Sechster Abschnitt.

§ 1. Die Senatoren und Repräsentanten sollen eine Geldvergütung für ihre Dienstleistung erhalten, die durch's Gesetz fest zu bestimmen und aus der Staatskasse der Vereinigten Staaten zu bezahlen ist. Sie sollen in allen Fällen, Hochverrath, Felonie und Friedensbruch ausgenommen, das Vorrecht haben, während ihrer Gegenwart bei den Sitzungen ihrer respektiven Häuser, sowie während des Hingangs zu oder der Rückkehr von denselben, nicht verhaftet zu werden; und sie sollen wegen keiner in einem der beiden Häuser gehaltenen Rede oder Debatte an irgend einem andern Orte zu Rede gestellt werden können.

§ 2. Kein Senator oder Repräsentant soll während der Dauer der Zeit, für die er gewählt worden, in irgend einem unter Autorität der Vereinigten Staaten stehenden bürgerlichen Amte, welches während solcher Zeit geschaffen worden, oder dessen Einkünfte unter der Zeit vergrößert worden sind, angestellt werden; und Niemand, der irgend ein den Vereinigten Staaten unterzogenes Amt bekleidet, soll während seiner Amtsdauer Mitglied eines der beiden Häuser sein.

Siebenter Abschnitt.

§ 1. Alle Gesetzentwürfe über Erhebung von Staatseinkünften sollen aus dem Hause der Repräsentanten ursprünglich hervorgehen, aber der Senat kann, wie bei andern Bills, Verbesserungen oder Zusätze vorschlagen oder dazu mitwirken.

§ 2. Jede Bill (Gesetzentwurf), die in dem Hause der Repräsentanten und des Senats durchgegangen ist, soll, bevor sie zum Gesetz wird, dem Präsidenten der Vereinigten Staaten überreicht werden; ertheilt dieser seine Zustimmung, so soll er sie unterzeichnen, wo nicht, so soll er sie mit seinen Einwendungen dem Hause zurücksenden, aus dem sie hervorgegangen ist, und welches die Einwendungen ausführlich in sein Tagebuch aufnehmen und sie nochmaliger Erwägung unterwerfen soll. Wenn dann, nach so gedachter Wiedererwägung, zwei Drittheile des Hauses über die Annahme der Bill übereinkommen, so soll sie mit sammt den Einwendungen (des Präsidenten) dem andern Hause zugesendet werden, von dem sie gleichfalls nochmals in Erwägung gezogen werden soll. Wird sie dann von zwei Drittheilen dieses Hauses genehmigt, so soll sie Gesetzeskraft erhalten.

In allen solchen Fällen jedoch sollen die Stimmen beider Häuser durch Ja oder Nein bestimmt ausgedrückt und die Namen der Personen, welche für oder gegen die Bill stimmen, in das Tagebuch jedes bezüglichen Hauses eingetragen werden.

Wenn irgend eine Bill vom Präsidenten nicht innerhalb zehn Tagen (die Sonntage ungerechnet), nachdem sie ihm überreicht worden ist, zurückkommt, so soll sie eben so Gesetzeskraft erhalten, als ob er sie unterzeichnet hätte, es sei denn, der Congreß verhindere ihre Rückkunft durch die Vertagung der Häuser, in welchem Fall die Bill keine Gesetzeskraft haben soll.

§ 3. Eine jede Verordnung, jeder Beschluß oder jedes Votum, wozu die Zusammenwirkung des Senats oder des Hauses der Repräsentanten nöthig ist (mit Ausnahme der Frage über Vertagung), sollen dem Präsidenten der Vereinigten Staaten vorgelegt, und bevor sie Kraft erhalten, von ihm genehmigt sein; wenn er sie aber nicht genehmigt, so sollen sie nochmals durch die Entscheidung von zwei Drittheilen des Senats und des Hauses der Repräsentanten durchgegangen sein, übereinstimmend mit den bei den Bills vorgeschriebenen Bestimmungen und Einschränkungen.

Achter Abschnitt.

Der Congreß soll die Macht haben:

§ 1. Steuern, Auflagen, Zölle und Waarensteuern aufzuerlegen und zu erheben; die Schulden zu bezahlen und für gemeinsame Vertheidigung und allgemeine Wohlfahrt der Vereinigten Staaten Fürsorge zu treffen. Aber alle Auflagen, Zölle und Waarensteuern sollen durch die ganze Union gleichförmig sein.

§ 2. Auf den Credit der Vereinigten Staaten Geldanleihen zu machen.

§ 3. Den Handel mit fremden Nationen zwischen den einzelnen Staaten, sowie auch mit den Indianerstämmen zu regeln.

§ 4. Eine durch die ganzen Vereinigten Staaten gleichförmige Verordnung über Naturalisation und gleichförmige Gesetze über das Bankerottwesen zu machen.

§ 5. Geld zu schlagen und dessen, sowie fremder Münzen Werth zu bestimmen, und ein Maaß und Gewicht festzusetzen.

§ 6. Wegen Bestrafung der Nachmachung und Fälschung von Scheinen und umlaufender Münze der Vereinigten Staaten Verfügung zu treffen.

§ 7. Postämter und Poststraßen zu errichten.

§ 8. Das Fortschreiten der Wissenschaften und nützlichen Künste dadurch zu befördern, daß er, jedoch nur für beschränkte Zeiten, Autoren und Erfindern das ausschließliche Recht auf ihre respektiven Schriften und Erfindungen sichert.

§ 9. Dem obersten Gerichtshof unterworfene Tribunale zu ernennen, über Seeräubereien und auf hoher See begangene Verbrechen, sowie über Verletzungen der Völkerrechte zu entscheiden und deren Bestrafung zu verhangen.

§ 10. Krieg zu erklären, Kaperbriefe zu verleihen und Verordnungen hinsichtlich der Prisen zu Land und zu Wasser zu machen.

§ 11. Heere zu stellen und zu unterhalten; jedoch soll kein Geld hierzu für einen längern Zeitraum als zwei Jahre verwilligt werden.

§ 12. Eine Seemacht anzurüsten und in gutem Zustande zu erhalten.

§ 13. Gesetzliche Bestimmungen hinsichtlich der Befehligung und Einrichtung der Land- und Seestreitkräfte zu treffen.

§ 14. Den Aufruf der Miliz zu besorgen, um die Gesetze der Union zu vollstrecken, Aufstände zu dämpfen und Angriffe von Außen abzuwehren.

§ 15. Fürsorge zu treffen für die Organisation, Bewaffnung und Disciplinirung der Miliz und für die Befehligung desjenigen Antheils davon, der zum Dienst der Vereinigten Staaten verwendet werden darf, wobei den respektiven Staaten das Ernennungsrecht der Offiziere und die Ermächtigung, die Miliz nach den vom Congreß vorgeschriebenen Disciplinargesetzen auszuüben, vorbehalten ist.

§ 16. In allen und jeden Fällen eine ausschließliche Gesetzgebung über einen Bezirk (dessen Größe nicht zehn Geviertmeilen überschreitet) auszuüben, der da durch Abtretung einzelner Staaten und nach Annahme vom Congreß Regierungssitz der Ver. Staaten werden wird, und eine gleiche Oberherrlichkeit über alle Plätze auszuüben, die, mit Zustimmung der gesetzgebenden Behörde desjenigen Staats, worin dieselben sich befinden, Behufs der Errichtung von Festungen, Magazinen, Zeughäusern, Schiffswerften und andern nothwendigen Gebäulichkeiten käuflich erworben worden sind; — und

§ 17. Alle nöthigen und passenden Gesetze zu machen, um die vorstehenden und alle andern Machtbefugnisse, welche in Gemäßheit dieser Verfassung von der obersten Behörde der Vereinigten Staaten oder von irgend einem Verwaltungsfach oder Beamten derselben bekleidet wird, zur Ausführung zu bringen.

Neunter Abschnitt.

§ 1. Die Einwanderung oder die Einführung solcher Personen, wie es irgend einer von den dermaligen bestehenden Staaten für zulässig erachtet, soll von dem Congreß vor dem Jahre 1808 nicht gehindert werden, jedoch darf eine Steuer oder Abgabe, welche nicht zehn Dollars für die Person übersteigt, auf solche Einführung gelegt werden.

§ 2. Das Vorrecht der Habeas-Corpus-Akte soll nicht aufgehoben werden dürfen, außer wenn es in Fällen eines Aufruhrs oder eines feindlichen Anfalls die öffentliche Sicherheit erfordert.

§ 3. Es soll keine Bannbill und kein Gesetz mit rückwirkender Kraft (ex post facto law) gemacht werden.

§ 4. Keine Kopf- oder andere direkte Steuer soll auferlegt werden, die nicht im Verhältniß zu dem Census oder der hierin vorher verfügten Aufzählung einzunommen werden kann.

§ 5. Es soll keine Steuer oder Abgabe auf Ausfuhrartikel von einem zum andern Staat auferlegt werden; durch keinerlei Verordnung über den Handel oder Staatseinkünfte soll den Häfen des einen Staats über die eines andern irgend ein Vorrecht eingeräumt werden, noch sollen Schiffe, die von oder zu einem andern Staate zu gehen bestimmt sind, verpflichtet sein, einzulaufen, umzuladen oder in einem Staate Zoll zu zahlen.

§ 6. Keine Gelder sollen aus dem Staatsschatze genommen werden dürfen, als in Folge gesetzlicher Bewilligung, und ein regelmäßiger Census und eine Rechnungsablage der Einnahmen und Ausgaben aller öffentlichen Gelder sollen von Zeit zu Zeit veröffentlicht werden.

§ 7. Kein Adelstitel soll von den Vereinigten Staaten ertheilt werden, und Niemand, der irgend ein ihnen unterzogenes, anvertrautes oder einträgliches Amt bekleidet, soll ohne Genehmigung des Congresses, irgend ein Geschenk, Emolument, Amt oder einen Titel irgend einer Art und von irgend einem Könige, Fürsten oder fremden Staate annehmen dürfen.

Zehnter Abschnitt.

§ 1. Kein Staat soll sich in irgend einen Vertrag, Bündniß oder eine Verbindung einlassen, Kaper- und Repressalienbriefe ertheilen, Geld schlagen, Staatspapiere erlassen, mit nichts Anderem sich erbieten, die Schuld zu bezahlen, als mit Gold- und Silbermünzen, keine Bannbill und kein Gesetz mit rückwirkender Kraft, oder ein Gesetz, welches den aus einem Vertrage entsprungenen Verbindlichkeiten zuwider ist, erlassen, auch keinen Adelstitel verleihen.

§ 2. Kein Staat soll, ohne Zustimmung des Congresses, Zölle oder Auflagen auf Ein- und Ausfuhrartikel legen, mit Ausnahme dessen, was unumgänglich nothwendig zur Vollstreckung seiner Beaufsichtigungs-Gesetze ist, und der reine Ertrag aller Auflagen und Zölle, die in irgend einem Staat auf Ein- oder Ausfuhrartikel gelegt sind, soll dem Staatsschatz der Vereinigten Staaten zu gut kommen, und alle derlei Gesetze sollen der Durchsicht und Controle des Congresses unterworfen sein. Kein Staat soll ohne Zustimmung des Congresses irgend ein Tonnengeld erheben, Truppen oder Kriegsschiffe in Friedenszeiten halten, in irgend eine Uebereinkunft oder einen Vertrag mit einem andern Staate oder einer fremden Macht treten, und in einen Krieg sich einlassen, es sei denn, er werde wirklich feindlich angefallen oder es drohe ihm eine so augenscheinliche Gefahr, daß kein Verzug zulässig sei.

Artikel II. — Erster Abschnitt.

§ 1. Die ausübende Macht soll von einem Präsidenten der Vereinigten Staaten von Amerika bekleidet werden. Er soll sein Amt auf die Dauer von vier Jahren inne haben und zugleich mit dem für den gleichen Zeitraum erwählten Vice-Präsidenten in folgender Art gewählt werden.

§ 2. Ein jeder Staat bestimmt in der Art, wie es seine gesetzgebende Behörde einrichten wird, eine Zahl von Wählern, die gleich der ganzen Zahl der Senatoren und Repräsentanten sei, zu deren Vertretung im Congreß der Staat berechtigt ist; jedoch soll kein Senator oder Repräsentant, oder eine Person, die ein unter den Vereinigten Staaten stehendes, besoldetes oder Ehrenamt bekleidet, zum Wahlmann bestellt werden.

§ 3. Die Wähler sollen sich in ihren respektiven Staaten versammeln, und durch Skrutinium für zwei Personen stimmen, wovon Eine wenigstens kein Mitbewohner ihres Staates ist. Sie sollen eine Liste aller derer, für die gestimmt worden, und der Zahl der Stimmen für einen jeden verfertigen welche Liste sie unterzeichnen, beglaubigen und versiegelt nach dem Sitze der Regierung der Vereinigten Staaten, unter der Aufschrift an den Präsidenten des Senats, übersenden sollen. Der Präsident des Senats soll dann in Gegenwart des letzteren und des Hauses der Repräsentanten alle Berichte eröffnen, und hierauf sollen die Stimmen gezählt werden. Diejenige Person, welche die größte Zahl von Stimmen besitzt, soll, wenn solche Zahl die Majorität der ganzen Zahl bestellter Wähler ist, Präsident werden. Wenn aber mehr als Einer da ist, der eine solche Mehrheit und eine gleiche Stimmenzahl haben sollte, so soll das Haus der Repräsentanten unmittelbar darauf Einen davon durch Skrutinium zum Präsidenten wählen. Hat jedoch Keiner eine Majorität, so soll das gedachte Haus aus der Zahl der fünf Ersten im Verzeichniß auf gleiche Art den Präsidenten wählen. Da aber bei der Präsidentenwahl die Stimmen nach den Staaten genommen werden, wobei die Repräsentation eines jeden Staates nur Eine Stimme hat, so soll die für diesen Zweck vollständige Anzahl aus einem oder mehreren Mitgliedern von zwei Dritttheilen der Mitglieder der Staaten bestehen, und eine Majorität aller Staaten zur Wahl nöthig sein.

Für jeden Fall soll die Person, welche nach der Wahl des Präsidenten die größte Stimmenmehrheit der Wähler besitzt, Vicepräsident werden. Sollten aber Zwei oder Mehrere dann gleiche Stimmen haben, so soll der Senat aus ihnen durch Skrutinium den Vice-Präsidenten wählen.

§ 4. Der Congreß kann die Zeit zur Wahl der Wahlmänner und den Tag, an welchem sie ihre Stimmen abzugeben haben, bestimmen; dieser Tag soll ein und derselbe für die ganzen Vereinigten Staaten sein.

§ 5. Nur ein ursprünglich eingeborner Bürger, oder Einer, der Bürger der Vereinigten Staaten zur Zeit der Annahme dieser Constitution war, soll zum Präsidenten wahlfähig sein; Niemand jedoch, der nicht das fünfunddreißigste Lebensjahr erreicht hat, und nicht seit vierzehn Jahren seinen Wohnsitz innerhalb der Vereinigten Staaten hatte.

§ 6. Im Fall der Entsetzung des Präsidenten von seinem Amte, seines Absterbens, Verzichtleistens oder seiner Unfähigkeit, die Gewalten und Pflichten besagten Amtes auszuüben, soll dasselbe dem Vice-Präsidenten übertragen werden; auch kann der Congreß durch's Gesetz für den Fall der Entsetzung vom Amte, des Todes, der Verzichtleistung oder Unfähigkeit Beider, des Präsidenten wie des Vice-Präsidenten, Verfügung treffen, welcher Beamte alsdann die Präsidentschaft übernehmen soll, und dieser Beamte soll in Gemäßheit dessen die Stelle bekleiden, bis die Unfähigkeit beseitigt oder ein Präsident gewählt sein wird.

§ 7. Der Präsident soll zu festgesetzten Zeiten für seine Dienste einen Gehalt erhalten, der während der Dauer der Zeit, für die er gewählt worden, weder erhöht noch verringert werden darf, und er soll innerhalb dieser Zeit weder von den Vereinigten Staaten, noch von einem einzelnen derselben irgend ein anderes Emolument erhalten.

§ 8. Vor dem Antritt seiner Amtsverrichtung soll er folgenden Eid oder feierliches Gelöbniß leisten:

§ 9. Ich schwöre (oder gelobe) hiermit feierlichst, daß ich getreulich das Amt des Präsidenten der Vereinigten Staaten verwalten, und nach meinen besten Kräften die Verfassung der Vereinigten Staaten bewahren, beschützen und vertheidigen will.

Zweiter Abschnitt.

§ 1. Der Präsident soll der Oberbefehlshaber der Armee und der Flotte der Vereinigten Staaten und der Miliz der verschiedenen Staaten sein, wenn diese zum aktiven Dienst der Vereinigten Staaten berufen worden; er kann schriftlich die Ansicht und Meinung der obersten Beamten in jedem der vollziehenden Regierungsfächer über irgend einen Gegenstand, welcher zu den Verpflichtungen ihres respektiven Amtes gehört, nachsuchen und beiziehen; und soll die Macht haben, Aufschub der Strafe und Gnade für alle Vergehungen gegen die Vereinigten Staaten zu ertheilen, ausgenommen bei Anklagefällen vor dem Senate.

§ 2. Er soll die Macht haben, durch und mit Beiziehung und Zustimmung des Senats Verträge zu machen, vorausgesetzt, daß zwei Drittheile der Senatoren gegenwärtig seien, und ihm beistimmen und mit Beirath und Zustimmung des Senats soll er Gesandte, andere öffentliche Minister und Consuln, Richter des obersten Gerichtshofs und alle andern Beamten der Vereinigten Staaten ernennen und einsetzen können, über deren Anstellung hierin nicht auf andere Weise Vorsorge getroffen ist, und die durch ein Gesetz angeordnet werden. Der Congreß kann jedoch gesetzlich die Anstellung aller solcher Unterbeamten, wie er es für dienlich erachtet, entweder dem Präsidenten allein, oder den Gerichtshöfen, oder den Chefs der Regierungsfächer übertragen.

§ 3. Der Präsident soll die Gewalt haben, alle erledigten Stellen, die während der Sitzungsaussetzung des Senats etwa sich zeigen dürfen, durch Ertheilung von provisorischen Bestallungen, die am Schlusse der nächsten Sitzung des Senats erlöschen sollen, wieder zu besetzen.

Dritter Abschnitt.

§ 1. Er soll dem Congreß von Zeit zu Zeit Nachricht über den Zustand der Union geben, und deſſen Erwägung ſolche Maßregel empfehlen, wie er ſie für nöthig und zweckdienlich hält; er darf, bei außerordentlicher Gelegenheit, beide Häuſer oder eins davon zuſammenberufen, und im Fall, daß ſie über ihre Vertagungszeit nicht einig mit einander werden können, kann er ihre Sitzungen bis zu dem ihm geeignet ſcheinenden Zeitpunkte vertagen.

Er ſoll die Geſandten und andere öffentliche Abgeordnete empfangen; er ſoll Sorge für getreuliche Handhabung der Geſetze tragen und die Beſtallungen aller Offiziere der Vereinigten Staaten ausfertigen.

Vierter Abſchnitt.

§ 1. Der Präſident, Vice-Präſident und alle Civilbeamten der Vereinigten Staaten ſollen ihrer Stellen entſetzt werden, auf Anklage und Ueberführung vor dem Senat wegen Hochverrath, Beſtechung oder anderer hohen Verbrechen und Vergehen.

Artikel III. — Erſter Abſchnitt.

§ 1. Die richterliche Gewalt der Vereinigten Staaten ſoll von einem oberſten Gerichtshof und ſolchen Untergerichtshöfen bekleidet werden, wie ſie der Congreß von Zeit zu Zeit verordnen und einrichten mag. Die Richter des oberſten Hofes wie der untern Gerichtshöfe ſollen, ſo lange ſie ſich eines guten Betragens befleißigen, ihre Aemter behalten und zu feſtgeſetzter Zeit für ihre Dienſte eine Geldvergütung empfangen, die während der Dauer ihrer Amtsbekleidung nicht verringert werden darf.

Zweiter Abſchnitt.

§ 1. Die richterliche Gewalt ſoll ſich ausdehnen über alle Fälle von Geſetz und Billigkeit, die unter dieſer Conſtitution, unter den Geſetzen der Vereinigten Staaten und den unter der Autorität derſelben gemachten oder noch zu machenden Verträgen ſich ereignen; über alle Fälle, die Geſandte und andere öffentliche Geſchäftsträger und Conſuln betreffen; über alle Fälle der Admiralität und Seegerichtsbarkeit, über Streitigkeiten, worin die Vereinigten Staaten eine Partei bilden, über Streitigkeiten zwiſchen zweien oder mehreren Staaten, zwiſchen einem Staat und den Bürgern eines andern Staats, zwiſchen den Bürgern verſchiedener Staaten, zwiſchen Bürgern ein und deſſelben Staates, welche auf Ländereien, die ihnen unter Rechtstiteln von verſchiedenen Staaten gewährt worden ſind, Anſprüche machen, und zwiſchen einem Staat oder deſſen Bürgern und fremden Staaten, deren Bürger oder Unterthanen.

§ 2. In allen Fällen, welche Geſandte und andere öffentliche Bevollmächtigte und Conſuln betreffen, und in ſolchen, wo ein Staat eine Partei iſt, ſoll der oberſte Hof urſprüngliche Gerichtsbarkeit beſitzen. In allen andern vorerwähnten Fällen ſoll der oberſte Gerichtshof die Appellationsgerichtsbarkeit haben, ſowohl in Sachen was Rechtens als was die That betrifft, mit ſolchen Ausnahmen und unter ſolchen Anordnungen, wie ſie der Congreß machen wird.

§ 3. Die Gerichtsverhandlung über alle Verbrechen, mit Ausnahme der Anklage vor dem Senat, ſoll durch's Geſchwornengericht geſchehen und ein solches Verfahren in denjenigen Staaten gehalten werden, worin das Verbrechen begangen wurde; wenn es aber nicht innerhalb irgend eines der Staaten begangen worden, so soll die Gerichtsverhandlung an den Orten gehalten werden, die der Congreß dazu durch's Gesetz bestimmt haben wird.

Dritter Abschnitt

§ 1. Hochverrath gegen die Vereinigten Staaten soll nur in einer Erregung eines Krieges gegen dieselben, oder in einem Anhang an deren Feinde, indem diesen Hülfe und Unterstützung geleistet wird, bestehen. Niemand soll des Hochverraths überwiesen werden, als auf Zeugniß zweier Zeugen von einer und derselben offen begangenen That, oder auf Geständniß im offenen Gerichtshof.

§ 2. Der Congreß soll die Gewalt haben, die Strafe des Hochverraths zu bestimmen; aber keine öffentliche Ueberweisung desselben soll einen Schandfleck auf eine Familie werfen, oder Vermögensconfiscation, außer während der Lebensdauer des Ueberwiesenen, bewirken.

Artikel IV. Erster Abschnitt.

§ 1. Voller Glaube und Credit soll in jedem Staate den öffentlichen Akten, Urkunden und richterlichen Verfahren eines jeden andern Staates gegeben werden, und der Congreß kann, durch allgemeine Gesetze, die Art und Weise vorschreiben, auf die solche Akten, Urkunden und richterliche Verfahren erprobt werden, und welches ihre Wirkung sein soll.

Zweiter Abschnitt.

§ 1. Die Bürger eines jedweden Staates sollen zu allen Vorrechten und Freiheiten der Bürger in den verschiedenen Staaten berechtigt sein.

§ 2. Eine Person, die in irgend einem Staate des Verraths, der Felonie oder andern Verbrechens angeklagt, vor der Justiz flieht und in einem andern Staate befunden wird, soll auf Begehren der ausübenden Gewalt desjenigen Staats, aus dem sie entflohen, ausgeliefert und in den Staat zurückgebracht werden, der die Gerichtsbarkeit über das Verbrechen hat.

§ 3. Niemand, der in einem Staate zu Dienst oder Arbeit nach den Gesetzen gehalten ist, und in einen andern entflieht, soll in Folge irgend eines Gesetzes oder einer Einrichtung hierin, von solchem Dienst oder Arbeit entlastet werden; sondern soll auf Forderung derjenigen Partei, der er Dienst oder Arbeit schuldig ist, ausgeliefert werden.

Dritter Abschnitt.

§ 1. Neue Staaten können durch den Congreß in die Union aufgenommen werden, aber kein neuer Staat darf innerhalb der Gerichtsbarkeit irgend eines andern Staats Staaten, oder von Conventen in drei Viertheilen derselben genehmigt worden gebildet, oder errichtet werden; auch darf kein Staat durch Vereinigung von zwei oder mehreren Staaten oder Theilen von Staaten gebildet werden, ohne Zustimmung der gesetzgebenden Behörde der betheiligten Staaten sowohl, als des Congresses.

§ 2. Der Congreß soll die Gewalt haben, über das Gebiet oder anderes den Vereinigten Staaten gehöriges Eigenthum zu verfügen, und rücksichtlich dessen alle nothwendigen Verordnungen und Einrichtungen zu machen; und es soll nichts in dieser Constitution Enthaltene so ausgelegt werden, daß daraus den Ansprüchen der Vereinigten Staaten oder irgend eines Einzelstaates ein Nachtheil erwachsen könne.

Vierter Abschnitt.

Die Vereinigten Staaten sollen jedem Staate in der Union eine republikanische Regierungsform garantiren; sie sollen einen jeden derselben gegen Einfall von Außen und auf Ansuchen der gesetzgebenden oder vollstreckenden Gewalt (wenn die erstere nicht versammelt werden kann) gegen Gewaltthätigkeit im Innern beschützen.

Artikel V.

Der Congreß soll zu jeder Zeit, wenn es zwei Drittheile beider Häuser für nöthig erachten werden, Verbesserungen und Zusätze zu dieser Constitution vorschlagen, oder er soll auf Gesuch der Gesetzgebung von zwei Drittheilen der einzelnen Staaten einen Convent zum Vorschlag von Verbesserungen berufen, welche in beiden Fällen nach ihrem ganzen Inhalt und Zweck als Theile dieser Constitution gelten sollen, sobald als sie durch die gesetzgebende Behörde von drei Viertheilen der einzelnen sind, da die eine oder die andere Art der Genehmigung vom Congreß vorgeschlagen werden mag, unter der Bedingung, daß keine vor dem Jahr 1808 gemacht werdende Verbesserung auf irgend eine Weise die erste und die vierte Klausel in dem neunten Abschnitt des ersten Artikels verletze, und daß kein Staat, ohne eine Einwilligung, seiner gleichen Stimmrechte im Senat beraubt würde.

Artikel VI.

§ 1. Alle vor der Annahme dieser Constitution contrahirten Schulden und eingegangenen Verbindlichkeiten sollen eben so gültig gegen die Vereinigten Staaten unter dieser Verfassung sein, als unter der Conföderation.

§ 2. Diese Constitution und die Gesetze der Vereinigten Staaten, die in Folge derselben gemacht werden, sowie alle unter der Autorität der Vereinigten Staaten bereits gemachten oder noch zu machenden Verträge, sollen das höchste Landesgesetz und für die Richter eines jeden Staates bindend sein, wenn auch Etwas in der Constitution oder in den Gesetzen irgend eines Staates dagegen wäre.

§ 3. Die vorerwähnten Senatoren und Repräsentanten, die Mitglieder der verschiedenen Staatslegislaturen und alle Beamte der vollstreckenden und richterlichen Gewalten, der Vereinigten, sowie der einzelnen Staaten, sollen durch Eidschwur oder feierliches Gelöbniß zur Aufrechthaltung dieser Constitution verpflichtet werden; doch soll kein religiöser Prüfungseid zur Befähigung, irgend ein von den Vereinigten Staaten ausgehendes Amt oder eine öffentliche Obliegenheit zu bekleiden, jemals gefordert werden.

Artikel VII.

§ 1. Die Genehmigung der Uebereinkunft von neun Staaten soll hinreichend zur Errichtung dieser Constitution zwischen den, dieselbe ratificirenden Staaten sein.

So geschehen im Convent auf einmüthige Beistimmung der gegenwärtigen Staaten, den siebenten September im Jahre unseres Herrn Eintausend siebenhundert und sieben und achtzig, und im zwölften der Unabhängigkeit der Vereinigten Staaten von Amerika. Zum Zeugniß dessen haben wir hier unten unsere Namen unterschrieben.

George Washington,
Präsident und Abgeordneter von Virginien.

New Hampshire.
John Langdon,
Nicholas Gilman.

Massachusetts.
Nathaniel Gorman,
Rufus King.

Connecticut.
William Samuel Johnson,
Roger Sherman.

New-York.
Alexander Hamilton.

New-Jersey.
William Livingston,
David Brearly,
William Patterson,
Jonathan Dayton.

Pennsylvanien.
Benjamin Franklin,
Thomas Mifflin,
Robert Morris,
Georg Clymer,
Thomas Fitzsimons,
Jared Ingersoll,
James Wilson,
Gouverneur Morris.

Delaware.
George Read,
Gunning Bedford, Jr.
John Dickinson,
Richard Bassett,
Jacob Broom.

Maryland.
James M'Henry,
Dan. of St. T. Jenifer,
Daniel Carroll.

Virginien.
John Blair,
James Madison, Jr.

Nord Carolina.
William Blount,
Richard D. Spaight,
Hugh Williamson.

Süd Carolina.
John Rutledge,
Charles C. Pinckney,
Charles Pinckney,
Pierre Butler.

Georgien.
William Few,
Abraham Baldwin.

Bezeugt: **William Jackson,** Sekretär.

Verbesserungen und Zusätze zu der Constitution.

———

Artikel 1. Der Congreß soll kein Gesetz erlassen dürfen, bezüglich auf Einführung einer Religion (Staatsreligion) oder was deren freie Ausübung hindert, noch Gesetze, wodurch die Freiheit der Rede und der Presse, oder das Recht des Volks, sich friedlich zu versammeln und bei der Regierung um Abhülfe von Beschwerden zu bitten, verkürzt werden.

Art. 2. Da eine wohleingerichtete Wehrschaft (Miliz) zur Sicherheit eines freien Staates nothwendig ist, so soll das Recht des Volks, Waffen zu halten und zu tragen, nicht eingeschränkt werden.

Artikel 3. Kein Soldat soll in Friedenszeiten in irgend ein Haus ohne Bewilligung dessen Eigenthümers einquartirt werden dürfen; und in Kriegszeiten nur in der durch's Gesetz vorgeschriebenen Art und Weise.

Art. 4. Das Recht des Volks, sicher in seiner Person, seinen Häusern, Papieren und Effekten vor unbilligen Nachsuchungen und Beschlagnahme zu sein, soll nicht verletzt und keine richterlichen Hafts- oder Beschlagnahmsbefehle sollen, ohne beweisliche, auf Eid oder feierliches Gelöbniß gestützte Ursache, und ohne daß der zu untersuchende Ort und die zu verhaftenden Personen oder Gegenstände ausführlichst beschrieben worden, erlassen werden.

Art. 5. Niemand soll wegen eines Capital- oder andern infamirenden Verbrechens anders zur Red' und Antwort gehalten sein, als auf eine Anklage der Grand Jury, mit Ausnahme in den, bei der Land- und Seemacht oder in der Miliz, wenn dieselbe in Zeiten des Kriegs oder öffentlicher Gefahr sich im aktiven Dienste befindet, vorkommenden Fällen. Auch soll Niemand wegen eines und desselben Vergehens zweimal in Gefahr um Leib und Leben gesetzt, auch nicht in irgend einem Criminalfalle genöthigt werden, Zeugniß gegen sich selbst abzulegen; noch anders als auf gehörigen gesetzlichen Vorgang, des Lebens, der Freiheit oder des Eigenthums beraubt, und kein Privat-Eigenthum zu öffentlichem Gebrauch und Nutzen, ohne gerechte Vergütung genommen werden.

Art. 6. Bei allen peinlichen Gerichtsverhandlungen soll der Angeklagte das Recht eines raschen und öffentlichen Verfahrens durch eine unparteiische Jury des Staates und Bezirks genießen, worin das Verbrechen begangen wurde, auch muß der Bezirk vorher durch's Gesetz fest ausgemacht und der Angeklagte über die Natur und Ursache der Anklage unterrichtet sein. Er soll ferner das Recht haben, mit den Zeugen gegen ihn confrontirt zu werden, Zwangsverfahren anzuwenden und Zeugen zu seinen Gunsten zu erhalten, und soll den Beistand eines Anwaltes zu seiner Vertheidigung haben.

Art. 7. Bei allen gemeinbürgerlichen Rechtssachen, wo der in Streitfrage stehende Werth zwanzig Dollars übersteigt, soll das Recht des Verfahrens vor dem Geschwornengerichte gewährt werden, und keine von demselben einmal verhandelte Thatsache soll auf andere Art, als den Vorschriften des gemeinbürgerlichen Gesetzes gemäß, von einem andern Gerichtshofe der Vereinigten Staaten wiederholt untersucht oder geprüft werden.

Art. 8. Weder übermäßige Bürgschaften sollen gefordert, noch übermäßige Geldbußen auferlegt, noch grausame und ungebräuchliche Körperstrafen verhängt werden.

Art. 9. Die Aufzählung bestimmter Rechte in der Constitution soll nicht die Deutung veranlassen, andere, dem Volke zurückbehaltene Rechte zu verweigern oder zu beeinträchtigen.

Art. 10. Die Gewalten, welche den Vereinigten Staaten durch die Constitution weder übertragen, noch durch letztere den Staaten untersagt wurden, sind den respektiven Staaten oder dem Volke vorbehalten.

Art. 11. Die richterliche Gewalt der Vereinigten Staaten soll sich unter keiner Deutung über irgend einen Rechtshandel in Gesetzes- oder Billigkeitssachen ausdehnen, welcher durch Bürger eines andern Staats oder durch Bürger oder Unterthanen irgend eines fremden Staates gegen Einen der Vereinigten Staaten begonnen oder fortgesetzt wurde.

Art. 12. § 1. Die Wähler sollen sich in ihren respektiven Staaten versammeln und durch Skrutinium für einen Präsidenten und Vice-Präsidenten abstimmen, von denen Einer wenigstens kein Miteinwohner ein und desselben Staats mit ihnen sein darf. Sie sollen auf ihren Stimmzetteln die Personen, welche sie zu Präsidenten, und auf davon verschiedenen Zetteln diejenigen namhaft machen, welche sie zu Vice-Präsidenten bestimmen. Sie sollen dann getrennte Listen von den zu Präsidenten und Vice-Präsidenten bestimmten, sowie von der Anzahl der Vota für jeden verfertigen. Gedachte Listen sollen sie unterzeichnet, beglaubigt und versiegelt nach dem Sitze der Regierung der Vereinigten Staaten, adressirt an den Präsidenten des Senats, übersenden. Der Präsident des Senats soll nun in Gegenwart des Senats und des Repräsentantenhauses alle Certifikate eröffnen, und hierauf sollen die Stimmen gezählt werden. Die Person, so die höchste Stimmenmehrheit zum Präsidenten hat, soll Präsident sein, falls eine solche Zahl eine Majorität der ganzen Anzahl festgesetzter Wähler ist, und wenn Niemand diese Majorität besitzt, so soll das Haus der Repräsentanten von denen Personen, welche auf der Präsidentenstimmliste die meisten Stimmen haben, jedoch aus nicht mehr als dreien, unmittelbar hierauf durch Skrutinium den Präsidenten wählen. Da aber bei der Präsidentenwahl die Stimmen nach Staaten genommen werden, wobei die Repräsentation eines jeden Staates nur Eine Stimme hat, so soll die zu diesem Endzwecke nöthige Wählerzahl aus einem oder mehreren Mitgliedern von zwei Drittheilen aller Staaten bestehen und eine Stimmenmehrheit von den Abgeordneten aller Staaten soll zur Wahl vonnöthen sein. Sollte aber das Haus der Repräsentanten zu jeder Zeit, wenn es im Besitze des Wahlrechts ist, den Präsidenten nicht vor dem vierten Tag des nächstfolgenden Monats März wählen, so soll alsdann der Vice-Präsident, gleichwie bei einem Todesfalle des Präsidenten oder einer andern constitutionellen Verhinderung desselben, als Präsident fungiren.

6*

§ 2. Die Person, welche die größte Stimmenmehrheit zum Vice-Präsidenten hat, soll Vice-Präsident werden, sobald eine solche Zahl eine Mehrheit der ganzen Anzahl bestellter Wähler ist, und wenn Niemand eine Mehrzahl hat, so soll der Senat aus den 2 höchsten Zahlen auf der Liste den Vice-Präsidenten erwählen; die zu dem Endzwecke nöthige Wählerzahl soll aus zwei Drittheilen der ganzen Senatorenzahl bestehen und eine Majorität der ganzen Anzahl soll zur Wahl nöthig sein.

§. 3. Niemand aber, der verfassungsmäßig unwählbar zum Präsidentenamte ist, soll wahlfähig zum Amte des Vice-Präsidenten der Vereinigten Staaten sein.

Erklärung

der

Unabhängigkeit der Vereinigten Staaten.

Geschehen den 4. Juli 1776.

Wenn im Laufe der Begebenheiten ein Volk genöthigt wird, die politischen Bande aufzulösen, die es mit einem andern vereinten, und unter den Mächten der Erde die gesonderte und gleiche Stellung einzunehmen, wozu es durch die Gesetze der Natur und deren Schöpfer berechtigt ist, so fordert die geziemende Achtung vor den Meinungen der Menschen, daß es die jene Trennung veranlassenden Ursachen öffentlich verkünde.

Wir halten folgende Wahrheiten für klar und keines Beweises bedürfend, nämlich: daß alle Menschen gleich geboren, daß sie von ihrem Schöpfer mit gewissen unveräußerlichen Rechten begabt sind, daß zu diesem Leben, Freiheit und das Streben nach Glückseligkeit gehören, daß, um diese Rechte zu sichern, unter den Menschen Regierungen eingesetzt seien, deren gerechte Gewalten von der Zustimmung der Regierten herkommen, daß allemal, wenn irgend eine Regierungsform zerstörend in diese Endzwecke eingreift, das Volk das Recht hat, jene zu ändern oder abzuschaffen, eine neue Regierung einzusetzen, und diese auf solche Grundsätze zu gründen, und deren Gewalten in der Form zu ordnen, wie es ihm zu seiner Sicherheit und seinem Glücke am erforderlichsten scheint. Die Klugheit zwar gebietet, schon lange bestehende Regierungen nicht um leichter oder vorübergehender Ursache willen zu ändern, und demgemäß hat alle Erfahrung gezeigt, daß die Menschen geneigter sind, die Leiden zu ertragen, so lange sie zu ertragen sind, als sich durch Vernichtung der Formen, an welche sie sich einmal gewöhnt, selbst Recht zu verschaffen. Wenn aber eine lange Reihe von Mißbräuchen und unrechtmäßigen Eingriffen, welche unabänderlich immerdar den nämlichen Gegenstand verfolgen, die Absicht beweist, das Volk dem absoluten Despotismus zu unterwerfen, so hat dieses das Recht, so ist es seine Pflicht, eine solche Regierung umzustoßen, und neue Schutzwehren für seine künftige Sicherheit anzuordnen. Von der Art war auch das stille Dulden dieser Colonien, und von der Art nun die Nothwendigkeit, welche sie das frühere System der Regierung zu ändern zwingt. Die Geschichte des gegenwärtigen Königs von England ist eine Geschichte von wiederholten Ungerechtigkeiten und unrechtmäßigen Anmaßungen, alle die Errichtung einer unumschränkten Tyrannei über diese Staaten bezweckend. Zum Beweise dessen seien hiermit Thatsachen der unparteiischen Welt vorgelegt.

Er hat seine Genehmigung den heilsamsten und nothwendigsten Gesetzen für gemeine Wohlfahrt verweigert.

Er hat seinen Statthaltern verboten, Gesetze von unaufschiebbarer und dringender Wichtigkeit rechtskräftig zu machen, oder er hat ihre Wirkung suspendirt, bis seine Genehmigung dazu wäre erhalten worden, und die so aufgeschobenen hat er zu beachten gänzlich vernachlässigt.

Er hat verweigert, andere Gesetze zu zweckmäßiger Einrichtung ausgedehnter Staats-Distrikte zu genehmigen, es sei denn, daß dieses Volk sein Vertretungsrecht bei der Gesetzgebung aufgegeben haben würde — ein Recht, dem Volke unschätzbar, und furchtbar nur dem Tyrannen.

Er hat gesetzgebende Körper in ungewöhnliche, unbequeme, und von den Bewahrungsörtern ihrer öffentlichen Urkunden entfernte Plätze zusammen berufen, und dieß aus der alleinigen Absicht, sie durch Ermüdung zur Willführigkeit gegen seine Maßregeln zu zwingen.

Er hat zu wiederholten Malen die Häuser der Repräsentanten aufgelöst, weil sie sich mit mannhafter Festigkeit seinen Eingriffen in die Volksrechte widersetzten.

Er hat nach solchen Auflösungen für eine geraume Zeit die Wahl anderer (Repräsentantenhäuser) zu veranstalten sich geweigert, wodurch die gesetzgebende Gewalt, die nicht vernichtet werden kann, vollständig zum Volk, um sie auszuüben zurückgekehrt ist, und mittlerweile der Staat allen Gefahren eines feindlichen Einfalls von außen, und Erschütterungen im Innern ausgesetzt blieb.

Er hat sich Mühe gegeben, das Steigen der Bevölkerung dieses Staates zu verhindern, indem er zu dem Endzweck den Gesetzen für die Naturalisation Fremder Hindernisse in den Weg legte, andere Gesetze zum Ermuntern der Einwanderungen hierher zu erlassen, verweigerte, und die Preisbedingung zu neuem Ländererwerb steigerte.

Er hat die Handhabung der Gerichtspflege gestört, indem er seine Zustimmung zu Gesetzen, welche die Errichtung richterlicher Gewalten bezweckte, verweigerte.

Er hat die Richter von seinem Alleinwillen abhängig gemacht, in Hinsicht der Dauer ihrer Aemter, und des Betrags und der Bezahlung ihrer Gehalte.

Er hat eine Menge neuer Aemter errichtet, Schwärme von Beamten hierher geschickt, um unser Volk zu belästigen, und seinen Lebensunterhalt aufzuzehren.

Er hat mitten unter uns in Friedenszeiten stehende Heere ohne Zustimmung unserer gesetzgebenden Behörden gehalten.

Es war sein Bestreben, die Kriegsmacht unabhängig von der bürgerlichen Gewalt, und erhaben über sie zu stellen.

Er hat sich mit andern (Mächten) verbündet, uns einer unserer Verfassung ganz fremden, und von unsern Gesetzen nicht anerkannten Gerichtsbarkeit zu unterwerfen, indem er seine Genehmigung ihren Ansprüchen angeblicher Gesetzgebung ertheilte, diesen nämlich:

zur Einquartierung starker bewaffneter Truppen-Corps bei uns;

zur Beschützung derselben durch ein Scheingericht vor der Strafe
für Todtschlag, wenn sie ihn an den Bewohnern dieses Staates
begehen würden;

zur Abschneidung unseres Handels mit allen Theilen der Welt;

zur Auflage von Abgaben auf uns, ohne unsere Zustimmung;

zur Beraubung der Wohlthat des Gerichtsverfahrens durch Ge-
schworne in mancherlei Fällen;

zu unserer Transportirung über's Meer, um angeblicher Verbrechen
wegen gerichtet zu werden;

zur Vernichtung des freien Systems der englischen Gesetze in einer
benachbarten Provinz, indem er eine Willkührregierung in derselben
einführte und ihre Grenzen erweiterte, um sie zu gleicher Zeit als Muster und als taugliches Werkzeug für die Einführung der nämlichen
unumschränkten Herrschaft innerhalb dieser Colonien gebrauchen zu
können;

zur Wegnahme unserer Freiheitsbriefe, Vernichtung unserer werth-
vollsten Gesetze und Veränderung unserer Regierungsformen von
Grund aus;

, zur Suspendirung unserer eigenen Gesetzgeber und zur Ermächtigung jener, uns in allen und jeglichen Fällen Gesetze zu geben.

Er hat der Regierung hier entsagt, indem er uns außerhalb seines
Schutzes erklärte, und Krieg gegen uns führte.

Er hat unsere Meere geplündert, unsere Küsten verwüstet, unsere
Städte verbrannt, und Tod und Verderben über unser Volk gebracht.

Er hat, indem er gegenwärtig große Heere ausländischer Söldlinge
überschifft, um das Werk des Todes, des Elends und der Tyrannei zu
vollenden, allbereits mit Handlungen von Treulosigkeit und Tyrannei
begonnen, welche kaum ihres Gleichen in den barbarischen Zeitaltern
haben, und des Hauptes einer civilisirten Nation völlig unwürdig sind.

Er hat unsere auf hoher See gefangenen Mitbürger gezwungen, die
Waffen gegen ihr eigenes Vaterland zu tragen, die Henker ihrer Freunde
und Brüder zu werden, oder selbst durch deren Hände zu fallen.

Er hat unter uns innere Aufstände erregt, und gegen die Bewohner
unserer Grenzen jene grausamen Indianer aufgereizt, deren bekannte
Kriegsweise ein rücksichtsloses Vertilgen jeden Alters, Geschlechts und
Standes ist.

Bei jeglicher Stufe dieser Unterdrückung haben wir auf das Aller-
unterthänigste um Abhülfe gebeten; unsern wiederholten Bitten wurde
nur mit wiederholtem Unrecht geantwortet.

Ein Fürst, dessen Charakter durch eine jede Handlung so sehr einen
Tyrannen bezeichnet, ist untauglich, eines freien Volkes Herrscher zu
sein.

Wir haben es auch nicht an Aufforderungen an unsere brittischen
Brüder fehlen lassen. Wir haben sie von Zeit zu Zeit vor dem Ver-

suche gewarnt, durch ihre Gesetzgebung eine unerlaubte Rechtspflege über uns auszudehnen. Wir haben sie an die Umstände unserer Auswanderung und diesseitigen Niederlassung erinnert. Wir haben an ihre angeborne Gerechtigkeitsliebe und Hochherzigkeit appellirt, " ɔ sie bei den Banden unserer gemeinsamen Abkunst beschworen, ·· et angemaßten Herrschaft zu entsagen, die unvermeidlich unsere V .nbungen und Gemeinschaft unterbrechen würde. Aber sie wɔ auch taub gegen die Stimmen der Gerechtigkeit und der Bluts. antschaft. Daher müssen wir die Nothwendigkeit, welche unser .ennung von ihnen erheischt, nachgeben, und sie für das halten, wo¹. . uns die übrige Menschheit gilt, — für Feinde im Krieg, für Freunde im Frieden.

Wir daher, die Volksrepräsentanten der Vereinigten Staaten von Amerika, versammelt im General=Congreß, und den höchsten Richter der Welt für die Reinheit unserer Absichten zum Zeugen anrufend, verkünden hiermit feierlichst, und erklären im Namen und aus Machtvollkommenheit des guten Volks dieser Colonien, daß diese vereinten Colonien **f r e i e u n d u n a b h ä n g i g e** Staaten sind, und es zu sein das Recht haben sollen, daß sie von allem Gehorsam gegen die britische Krone los und ledig gesprochen sind, und daß alle politische Verbindung zwischen ihnen und dem britischen Reiche gänzlich aufgelöst ist und sein soll, daß sie als freie und unabhängige Staaten volle Gewalt haben, Krieg anzufangen, Frieden zu schließen, Bündnisse einzugehen, Handel zu treiben, und alle andern Handlungen und Dinge zu verrichten, wozu unabhängige Staaten rechtlich befugt sind. Und zur Aufrechthaltung dieser Erklärung verbürgen wir uns, mit festem Vertrauen auf den Schutz der göttlichen Vorsehung, wechselseitig mit unserm Leben, unserm Hab und Gut und unserer unverletzlichen Ehre.

(Folgen die Unterschriften.)

Volks=Abstimmung für Präsident im Jahre 1856.

Staaten.	Rep. Frem'nt	Dem. Buch'an	Amer. Fillm're	Staaten.	Rep. Frem'nt	Dem. Buch'an	Amer. Fillm're
Alabama.........		46.739	28.552	Michigan.........	71.762	52.136	1.660
Arkansas.........		21.910	10.787	Missouri.........		58.164	48.524
Californien.......	20.691	53.365	36.165	New=Hampshire..	38.345	32.789	422
Connecticut......	42.715	34.995	2.615	New=Jersey......	28.33⁸	46.943	24.115
Delaware........	308	8.004	6.175	New=York.......	276.004	195.878	124.604
Florida.........		6.358	4.833	Nort=Carolina....		48.246	36.886
Georgia.........		56.581	42.439	Ohio..........	187.497	170.874	28.121
Illinois.........	96.189	105.343	37.444	Pennsylvanien....	147.96⁴	230.772	82.2⁰2
Indiana.........	94.375	118.670	22.386	Rhode Island	11.467	6.680	1.675
Iowa...........	43.954	36.170	9.18⁰	Tennessee.......		73.636	66.117
Kentucky........	314	74.642	67.41⁶	Texas........		31.169	15.639
Louisiana.......		22.164	20.709	Bermont.......	39.561	10.569	345
Maine	67.179	39.080	3.325	Virginien.......	291	89.706	60.310
Maryland.......	281	39.115	47.46⁰	Wisconsin.......	66.09⁰	52.843	580
Massachusetts....	108.190	39.24⁰	19.62⁶				
Mississippi.......		35.446	24.1⁹⁵	Total..........	1.341.514	1.838.232	874.707

Die Präsidentschafts=Electoren von Süd=Carolina werden von der Legislatur gewählt.

Die Heimstätte-Bill und die Demokratie.

Die Platform der Demokratie in Charleston und Baltimore enthält kein Wort über das Recht, welches jeder freie Arbeiter auf einen Theil der öffentlichen Ländereien hat. Die republikanische Platform erkennt dies Recht offen an. Ebenso verhalten sich die beiden Parteien in ihrer gesetzgebenden Eigenschaft. Die republikanischen Vertreter im Congreß arbeiten und stimmen wie ein Mann dafür, daß die öffentlichen Ländereien aus dem Bereich der Landspekulanten genommen und ausschließlich für den Gebrauch des freien Arbeiters reservirt werden. Die demokratischen Vertreter stimmen ihrer Mehrheit nach gegen die Heimstätte-Bill, als deren hervorragender Vertheidiger Mr. Grow von Pennsylvanien in den letzten Jahren im Hause der Repräsentanten da steht.

Betrachten wir die Abstimmungen im Congreß. Am 20. Jan. 1859 schwebte eine Bill, die sich auf Vorkaufsrechte öffentlicher Ländereien bezog, im Hause der Repräsentanten. Mr. Grow (Republikaner) beantragte die Hinzufügung von Folgendem:

Sei es weiter verordnet, daß nach der Annahme dieses Akts kein öffentliches Land durch Proklamation des Präsidenten zum Verkauf ausgestellt werden soll, wenn dasselbe nicht vermessen und die Ergebnisse solcher Vermessung 10 Jahre oder länger vor solchem Verkauf in der Landoffice gelegen haben.

Die Absicht des Amendments war, den wirklichen Ansiedlern und Vorkäufern 10 Jahre Vorsprung vor den Landspekulanten zu geben, mit andern Worten, der arme Mann würde 10 Jahre Zeit gehabt haben, um aus dem von ihm occupirten öffentlichen Lande das Geld zur Bezahlung desselben zu erwerben. Da die Demokratie ihrer nördlichen Mitglieder halber dem Amendment nicht offen entgegen treten wollte, beantragte sie Verweisung desselben an das Plenar-Comite, was gleichbedeutend gewesen mit Beseitigung desselben. Dafür stimmten 90, worunter unter Andern die nördlichen 4 Demokraten aus Illinois, 5 aus Indiana und 6 aus Ohio. Dagegen stimmten 92, worunter sämmtliche Republikaner. Als darauf direct über Grow's Amendment abgestimmt wurde, waren 98 dafür und 81 dagegen. Als aber am Tag darauf die durch Anfügung des Grow-Amendment verbesserte Bill zur Abstimmung kam, wurde dieselbe mit 95 gegen 91 verworfen, ein Beweis, daß eine Majorität des Hauses wirklich gegen das Amendment gewesen. Nur 2 südliche Repräsentanten, Mr. Blair, von St. Louis und Winter Davis, von Maryland, stimmten für die Bill.

Am 1. Februar 1859 kam eine Heimstättebill vor das Haus, durch welche jeder freie Mann in den Ver. Staaten ermächtigt wurde, sich auf 160 Ackern öffentlichem Land frei niederzulassen. Die Bill wurde mit 120 gegen 76 Stimmen angenommen. Illinois lieferte dem Süden dabei 2 Stimmen, Indiana 3, Pennsylvanien 1. Von der nördlichen demokratischen Partei im Hause stimmten 29 für die Bill, 6 dagegen. Die große Majorität der Demokratie, der leitende südliche Flügel, stimmte gegen eine Bill welche die Umwandlung des Ver. Staaten Gebietes in Freistaaten beschleunigt und die Einwanderung von Europa heranzieht.

Die Annahme der Bill im Hause half jedoch wenig. Der Senat mit seiner demokratischen Mehrheit sorgt stets daß solche Bills kein Gesetz werden. Am 12. Februar beantragte Senator Wade, die Hausbill vorzunehmen. Der Antrag ging 26 gegen 23 Stimmen durch. Sämmtliche südliche stimmten dagegen, bis auf Johnson, von Tennessee.

Douglas war abwesend. Aber jetzt stellte Mr. Hunter den Antrag, die Heimstätte-Bill, deren Vornahme eben beschlossen, bei Seite zu setzen und die diplomatische und Consular-Geldbill aufzunehmen. Mittlerweile wurde es 12 Uhr, auf welche Stunde die Debatte der Cuba-Bill (Antrag: dem Präsidenten zu ermächtigen, 30 Millionen in vorbereitenden Maßregeln zur Erwerbung Cuba's auszugeben.). Mr. Wade beantragte, Cuba aufzuschieben und die Erwägung der Heimstätte-Bill fortzusetzen. Der Antrag wurde mit 27 gegen 26 Stimmen angenommen.

Aber Hunter's Beseitigungs-Antrag war noch nicht beseitigt. Die Abstimmung darüber ergab 28 gegen 28. Unter denen, welche für Abschlachtung der Heimstätte-Bill in der Session stimmten, waren sämmtliche südliche Senatoren, außer Johnson und Bell, von Tennessee, nebst Bigler, Lane und Gwin, aus freien Staaten. Durch die entscheidende Stimme des Vicepräsidenten Breckinridge wurde die Heimstätte-Bill beseitigt.

Als am 19. Februar Mr. Wade beantragte, alle andern Geschäfte bei Seite zu setzen und die Heimstätte-Bill vorzunehmen, wurde der Antrag mit 31 gegen 24 Stimmen abgelehnt. Douglas war abwesend. Die Cuba-Bill wurde am 25. Februar aufgenommen mit 35 gegen 24 Stimmen. Um 10 Uhr Abends erneuerte Mr. Doolittle, von Wisconsin, seinen Antrag, die Cuba-Bill bei Seite zu setzen, da sie doch nur zu müßigen Debatten führe, und die Heimstättebill vorzunehmen. Der Antrag wurde mit 29 gegen 19 Stimmen verworfen. Senator Douglas, Pugh, Bigler, Gwin und Lane (nördliche Demokraten) nebst sämmtlichen südlichen Demokraten, bis auf Johnson, von Tennessee, stimmten gegen Aufnahme der Heimstätte-Bill.

Das Schicksal der Bill in der letzten Congreßsitzung ist noch in frischer Erinnerung. Das Haus passirte sie von Neuem, dem Senat war sie zu liberal und er passirte eine andere, die nur eine Land-Graduationsbill genannt werden konnte, und dem Vorkäufer keinen Schutz gegen die Spekulanten gewährte. Ein Conferenz-Comité wurde bewilligt und sich über eine Bill geeinigt, die etwas besser als gar keine. So hatte man demokratischer Seite etwas den Ansprüchen der freien Arbeit nachgegeben. Man konnte das ohne Gefahr thun, denn man wußte, daß Präsident Buchanan sein Veto dagegen einlegen würde. So geschah es und es fanden sich nicht Freunde der freien Arbeit genug unter den Demokraten des Congresses, um die Bill trotz dem Veto des Präsidenten mit zwei Drittel-Majorität zu passiren.

Tarif.

nilcher Weise wurden die Wünsche in Beziehung auf ... der freien Arbeit gegen die niedrig bezahlten Arbeiter Europa's vereitelt. Das Haus der Repräsentanten passirte mit Hülfe der Republikaner die Morris'sche Tarifbill, welche einen sehr mäßigen Schutz für einheimische Industrie vorschlug und zugleich die Mittel geliefert haben würde, um das beispiellose Schuldenmachen der jetzigen demokratischen Regierung zu verhindern, d. h. ihr mehr Einkünfte aus den Zöllen zu verschaffen.

Die Morris'sche Tarifbill blieb im Senat liegen trotz aller Anstrengungen der Senatoren der freien Staaten. Die südliche Demokratie, welche im Senat eine entschiedene Mehrheit hat, stimmte jeden Antrag nieder, die Tarif-Bill aufzunehmen.

Demokratische Freiheit im Süden.

Die letzte Staatsgesetzgebung von Texas hat ein Gesetz angenommen, gegen welches die russische Polizeiordnung als ein Ideal von Volksfreiheit erscheint. Hier, ohne weiteren Commentar, die hauptsächlichsten Bestimmungen desselben:

1. Wer in Gegenwart eines Sklaven oder so, daß dieser es hören kann, Worte spricht, durch welche der Sklave unzufrieden mit dem Zustande der Sklaverei werden könnte, hat Zuchthausstrafe von 2 bis zu 5 Jahren verwirkt.

2. Wer in Wort oder Schrift öffentlich die Behauptung aufstellt, daß Sklavenhalter kein Eigenthumsrecht auf ihre Sklaven haben, hat Zuchthausstrafe von 2 bis zu 4 Jahren verwirkt.

3. Wer im Privatgespräche die Behauptung aufstellt, daß Sklavenhalter kein Eigenthumsrecht auf ihre Sklaven haben, in der Absicht, um bei irgend einem einzelnen Einwohner die Sklaverei in Mißcredit zu bringen, hat Zuchthausstrafe von 2 bis zu 5 Jahren verwirkt.

4. Wer irgend ein Buch oder eine sonstige Druckschrift, durch welche das Eigenthumsrecht von Sklavenhaltern in Frage gestellt wird 2c., schreibt, druckt, verlegt, oder verbreitet, hat Zuchthausstrafe von 5 bis zu 7 Jahren verwirkt.

5. Jeder Postmeister soll solche Bücher oder Drucksachen, die unter die vorstehend bezeichnete Kategorie fallen, nicht an den Adressaten, sondern an das Gericht ausliefern, welches nach Befund die Verbrennung der Bücher oder Schriften anzuordnen hat.

6. Jeder, der auf eine unter vorstehende Kategorie fallende Zeitung oder Zeitschrift abonnirt, verwirkt Geldbuße bis zu $500 oder Gefängnißstrafe bis zu 6 Monaten, oder beides nach dem Ermessen der Geschworenen.

Abraham Lincoln.

Geschildert von Carl Schurz in seiner Milwaukee-Rede vom 9. Mai.

Ich hatte die Ehre, ein Mitglied des Comité's zu sein, welches Lincoln die officielle Mittheilung seiner Nomination zu machen. Der Enthusiasmus, mit welchem wir in Springfield empfangen, war grenzenlos. Dort trafen wir Lincoln's Nachbarn, und an einem Blick sahen wir, daß diejenigen, welche ihn am besten kannten, ihn am meisten achteten. (Beifall.) Dann sah ich Herrn Lincoln wieder; ich war ihm schon früher begegnet, in jener denkwürdigen Campagne in Illinois, als er, obgleich entmuthigt und abgeschreckt durch viele namhafte Republikaner, welche es für zweckmäßig hielten, Douglas ohne Widerstand in den Senat zurückkehren zu lassen, als Mann von wahrer und tiefer Ueberzeugung sich in den Kampf stürzte für die gefährdete Reinheit unserer Principien mit kühner Hand, die republikanische Fahne, in Gefahr im Schlamm von Compromissen und unnatürlichen Combinationen zu versinken, ergriff und sie stolz in die Höhe hielt, in einem der heißesten Kämpfe, welche das Land je mit ansah. (Großer Beifall.) Ich sah ihn damals im dichtesten Schlachtgewühl, als er dem Löwen der Demagogie in seiner Höhle Trotz bot; als die glänzenden Ausfälle von Witz und Sarkasmus jauchzendes Entzücken in der Menge hervorriefen; als der Donner seines Spottes an Stephan A. Douglas' eherne Stirn prallte; (Applaus) als die leuchtende, unabweisliche Logik seiner Beweisführung jedes patriotische Herz mit neuem Vertrauen in die Gerechtigkeit unserer Sache inspirirte, und als unter seinen Streichen die große demokratische Majorität in Illinois zu nichts zusammenschrumpfte. Dort sah ich ihn thun, was vielleicht kein anderer Mann gethan hätte. — Damals empfand ich Vertrauen zu dem Patrioten und dem Vertheidiger tiefer Ueberzeugung, Achtung für den Staatsmann und Liebe für den Menschen. (Großer Beifall.)

Und jetzt sehe ich ihn wieder, umgeben von dem Comité der National-Convention, gekommen um in seine Hände die höchste Ehre und das größte Vertrauen, welche eine politische Partei zu vergeben hat, niederzulegen; eine Ehre, an die er nicht gedacht in der Hitze des Kampfes, welche er nicht begehrte und kaum sanguinisch genug war, zu erwarten. Da stand er, schweigend der Anrede unseres Vorsitzers lauschend, die Augen niedergeschlagen, in seiner Seele vielleicht im Gefühl gerechten Stolzes, kämpfend mit dem bewältigenden Bewußtsein der Verantwortlichkeit. Dann antwortete er; dankend für die ihm erwiesene Ehre, und den Platz als Führer in diesem großen Kampfe annehmend; nicht mit dem frohlockenden Tone eines Mannes, der einen persönlichen Triumph errang, nicht mit der hochmüthigen Miene und gemachten Würde eines Mannes, welcher weiß, daß er auf der großen Weltbühne steht, sondern mit der bescheidenen Einfachheit eines Menschen, stark im Bewußtsein seiner Fähigkeit und mit dem aufrichtigen Vorsatze, das Rechte zu thun. (Beifall.)

Viele von denen, die ihn jetzt umstanden, hatten in der Convention für andere Candidaten gestimmt, manche noch in dem Gefühl persönlicher Enttäuschung befangen, waren gekommen, nicht ohne ungünsti-

…Vorurtheil gegen Herrn Lincoln. Doch als sie ihn sahen, den … … einen Weg aus der niedrigsten Stellung im Leben zu … Höhe gefunden, nicht durch wilde Speculationen und …liche Anstrengungen, nicht auf den Flügeln eines glücklichen …sondern durch ruhige standhafte Arbeit, unerschütterte Treue …cipien bei seinen eigenen und öffentlichen Pflichten, durch …eines Genies und die Energie seines Charakters, — den …nn, welcher das Vertrauen des Volkes gewonnen und nun auf dem …child einer großen nationalen Partei erhoben wurde, nicht durch spitzfindige Combinationen und geschickte Leitung, sondern durch den Instinkt des Volkes, nicht durch Versprechungen gefesselt, an Niemanden und Nichts gebunden, als an das Volk und an das Wohl des Landes, seine Hände frei um die Vorschriften seines reinen Gewissens auszuführen, ein Leben hinter sich, nicht nur frei von Vorwurf, sondern auch frei von Verdacht, ein Problem vor sich, für dessen Lösung er durch die angeborenen Tugenden seines Charakters, die bedeutenden Fähigkeiten seines Geistes und einen kräftigen ehrlichen Willen, besonders tüchtig ist, da fühlten sie, daß mit diesem reinen patriotischen Staatsmann all die großen Eigenschaften wieder in das weiße Haus einkehren würden, welche eine republikanische Regierung zu dem machen, was sie sein soll, eine auf Tugend gegründete Herrschaft. (Enthusiastischer Beifall.) Ein Delegat aus dem Osten flüsterte mir im Tone größter Zufriedenheit zu: „Mein Herr, wir hätten gewagter handeln können, aber gewiß nicht besser." (Anhaltender Applaus.)

Ich kann nicht Worte finden, die stark genug wären, die Albernheit derer zu bezeichnen, welche höhnisch vorgaben, in Lincoln einen Mann zweiten Ranges zu sehen, der gleich Polk und Pierce nur aus Zweckmäßigkeitsgründen aufgesucht worden. Sie mögen Douglas fragen, aus dessen Händen er die Majorität des Volkes in Illinois entrang; sie mögen Diejenigen fragen, welche die magische Berührung seines leuchtenden Verstandes und ehrlichen Herzens empfanden; seine Verläumder mögen ihre eigenen heimlichen Zweifel fragen und in ihrer eigenen Furcht werden sie den Grund der Freude und Sicherheit seiner Freunde finden. (Applaus.)